KB009977

진실한 한 끼

신태진 지음

여분의책방

밥상을 차리며

매일같이 편의점 음식을 먹던 시절이 있었다.

바쁘니까, 싸니까, 혼자 먹으니까.

핑계는 많았지만 밥을 잘 챙겨 먹는 게 귀찮았다는 것이
진짜 이유였다. 누가 시키지도 않은 모니터링 요원이 되어
편의점 음식 발전사의 산 증인이 되었다. 그러다가 어느 시점엔
편의점 도시락이 '진실한 한 끼'라고 말하기도 했다.

　　그 말은 진심이었다. 하지만 '진실한'이란 수식어가 붙을
만한 한 끼가 정말 거기까지였을까 하는 의문도 든다.
나를 여기까지 걸어오게 해 준 한 끼들, 지친다는 생각이 들 때쯤
수저를 쥐어주며 다시 세상으로 이어진 문을 열고 나갈 수 있게
해 준 한 끼들. 돌이키면 그때의 맛이 절로 되살아나는 음식이

있다. 어떤 식사는 고맙다는 인사도 제대로 못 건넨 채 잊고
있었다. 무엇보다 아무렇게나 되는 대로 때웠던 너무 많은 끼니가
내 뒤에 쌓여 있다.

　　미식가도, 요리사도 아니다. 그래도 내가 진심으로 만났던
어느 끼니에 관해 누군가 앞에 슬쩍 수저를 놓아 본다.
나처럼 아무 생각 없이 한 끼를 해결하고 다음 날도 똑같은
식사를 반복하는 사람, 맛보다는 양, 속도, 가격이 더 중요한 사람,
밥을 먹는다는 게 행복이라는 걸 알지만 한편으로 무척 허전하고
슬픈 일이라는 걸 느껴 본 사람과 둘러앉아 나누면 좋을 소박한
한 상을 여기에 차려 보았다.

목차

1

시절과 함께 보낸 한 끼

콩나물 비빔밥

서울 시내에서 5천 원 한 장으로 한 끼를 먹고 싶으면 식당 유리창에 '콩나물 비빔밥'이라고 붙어 있는지 살피면 빠르다. 전주비빔밥도 콩나물 비빔밥이라 불리기는 하지만, 간이식당의 콩나물 비빔밥은 들어가는 재료의 가짓수에서나 간장 양념을 넣는다는 점에서나 콩나물을 깔고 밥을 지어 먹는 '콩나물밥'에 가깝다. 콩나물은 흉년이 오거나 겨울철이라 채소가 귀할 때 귀중한 영양원이 되어 주었다. 그래서 였나 보다. 내가 어떤 시절을 훌쩍 건너는 데도 콩나물이 도움이 되었던 건.

때때로 혼자 밥을 먹는 사람들을 보면 슬퍼졌다. 홀로 하는 식사를 놀이나 문화로 여기는 사람들을 말하는 건 아니다. 자기가 수저를 뜨고 있다는 사실도 모르거나 모르는 척하는 사람들, 그들의 구부정한 등과 찡그린 콧잔등을 보면 이유 모르게 슬퍼지고는 했다. 이런 슬픔은 여기 이 도시에서만 자생하는 듯했고, 그 감정에 휩싸일 땐 어김없이 나도 혼자였다. 일부러 더 씩씩하게 밥을 먹었다. 넥타이조차 느슨하게 풀지 못한 사람들, 눈 둘 곳이 없어 휴대전화 화면만 쓸어 넘기는 사람들, 옷이 땀에 전 사람들, 입에 밥풀이나 반찬이 묻은 사람들, 목소리는 크지만 극존칭으로 통화하는 사람들, 괜히 점원에게 시답잖은 말을 거는 사람들, 탁자에 흘린 국물을 깨끗하게 닦는 사람들, 앉았다 싶었는데 벌써 그릇을 비우고 사라진 사람들.

혼자 밥을 먹는 사람들이 슬퍼 보이는 건 식사란 누군가와 함께하는 행위라는 전제가 내 안에 깔려 있기 때문이다. 함께 먹는 밥은 불편할 수는 있어도 가슴 아프지는 않다. 이것이 이별이나 죽음을 앞둔 누군가와의 마지막 식사라면 모르겠지만, 내가 이런 사람과 밥상을 마주해야 하는 처지라니 참으로 개탄스럽다고 부루퉁하다면 또 모르겠지만, 한 식탁 위에서 음식을 공유하는 일은 대체로 유익하다. 언젠가 밥 한 번 먹자는 말이 지켜지지 않을 인사치레라 해도, 그 말을 들으면 우리의 관계가 실오라기만큼이나마 연결되어 있다는 안심이 든다. 그래서 혼자 밥을 먹는 어떤 날에는 사람이 밥을 먹어야 한다는 사실이 슬픈 숙명처럼 여겨지기도 했다.

혼자 먹는 밥을 의식하기 시작한 건 사회생활을
시작하면서부터였다. 어릴 때도 텅 빈 집에서 혼자 밥을 먹는
날은 많았다. 하지만 거기에 감정이 섞이진 않았다. 오히려 말리는
사람 없이 라면과 달걀 프라이를 연마하는 알찬 시간을 보냈다.
프라이팬을 흔들어 달걀을 뒤집으려다 가스레인지 주변을 기름
범벅으로 만들고는 했지만, 더군다나 내가 낸 맛에 스스로
만족하기까지는 정말 오랜 세월이 필요했지만, 그 훈련 덕에 더
요리다운 요리에 도전하는 게 두렵지 않게 되었다.

첫 직장에 들어가 아르바이트비가 아닌 4대 보험에
소득세까지 꼬박꼬박 제한 월급이 들어온다는 뿌듯함은 얼마
안 가 사라지고 나뿐만 아니라 내 주변에 앉은 모두가 소진되고
있다는 서글픔을 느꼈다. 사람 탓도 아니고 회사 탓도 아닌, 그냥
인간이 월급의 동물이 되어가는 자연스러운 통과의례. 오래 일한
선배들은 정신없이 하루를 보내고 나면 앉은 자리에서 그대로
마르는 것 같다고, 입안에서 단내가 난다고 했다. 그냥 하는 말이
아니라는 걸 표정만 봐도 알 수 있었다. 매일 누군가가 점심을 사
주는 신입 기간이 끝나자 사람들이 하루를 버티는 요령이 눈에
들어오기 시작했다. 혼자 점심을 먹거나 밥 대신 산책이나 취미
활동을 하며 기운을 되찾는 것이었다. 그제야 선배들의 넋두리가
이해가 됐다. 때때로 우리는 무리에서 떨어져 나올 필요가 있었다.
혼자 점심을 먹으러 다닌 건 그때부터였다. 그게 정말로 오후

일과를 버티는 데 도움이 됐다.

　　그래서 사뿐사뿐 이름난 식당을 순례했다면 좋았겠지만, 혼자 먹는 밥에 쓰는 돈이 아까웠다. 내가 자주 갔던 곳은 콩나물 비빔밥을 삼천 원에 팔던(나중에 삼천오백 원으로 올랐다) 컨테이너 식당이었다. 두 채가 나란히 붙어 있었고, 그중 내 단골은 장년에 접어든 아주머니가 운영하는 가게였다. 네다섯 명 정도 붙어 앉을 수 있는, 거울을 마주보는 기역 자 벽면 테이블과 2인용 테이블 한두 개가 있던 것으로 기억한다. 정오부터 오후 한 시까지 가게는 혼자 온 사람들로 붐볐다. 어쩌다 당직을 서고 한 시 넘어 가게 문을 열면 성급하게 끝난 파티장처럼 테이블 위엔 빈 그릇만 놓여 있었다. 이상하게도 같은 사원증을 볼 일은 거의 없었다. 가끔 한두 명 있긴 했지만 안면이 익다 싶으면 주변을 어슬렁거리다가 그가 떠난 뒤에야 들어갔다. 사내 평균 월급을 감안한다면 이곳이 제격일 텐데 다들 어디로 가는 걸까? 다른 누군가도 내 얼굴, 내 사원증을 보고 빌딩 뒷골목을 어슬렁거렸을까?

　　이 컨테이너 식당에선 라면을 팔았다. 하지만 라면과 김밥을 시키면 밥 한 그릇 값을 훌쩍 넘었기 때문에 (라면 국물엔 당연히 밥을 말아야 한다) 나는 콩나물 비빔밥을 먹었다. 넉넉한 밥, 매일 소진돼서 신선한 채소, 그릇 바닥에 고일 정도로 흥건히 두른 참기름과 원하는 만큼 넣는 매콤한 양념장, 무엇보다 맨 위에 올려주는 가장자리 바삭한 달걀 프라이. 그 고소한 냄새로 허기는 행복이 되었다.

달걀 프라이를 적당한 크기로 자르고 밥을 비비며 작은 브라운관 텔레비전에서 나오는 뉴스를 들었다. 그때나 지금이나 크게 다르지 않은 소식들, "경기 침체에 금융권이 본격적으로 허리띠 졸라매기에 나섰습니다……" 시커멓게 그을린 가스레인지 위에선 뚝배기가 끓었다. 대로변이라 자동차 소음, 확성기로 증폭된 누군가의 분노에 찬 고함, 커피를 들고 지나가는 회사원들의 웃음소리가 알루미늄 문 안으로 고스란히 전해졌으나 얇고 탄성 있는 막은 이편과 저편 사이를 부드럽고 안락하게 가로막고 있었다. 나는 내가 생계 전선의 한복판에 앉아 있음과 동시에 거기서 꽤 멀리 떨어져 있는 듯한 편안함을 느꼈다.

함께 앉아 있는 익명의 얼굴들은 주변 회사의 근무자였을 것이다. 나는 그들이 우리만 아는 작은 망명지로 도피한 동료처럼 느껴졌다. 가끔은 이 동네 직장인이 아니라 외근을 나온 외지인이라는 걸 직감적으로 알아볼 수 있는 사람도 있었다. 다른 나라에서 시시콜콜한 소식을 수집하기 위해 달려온 전령 같달까, 나는 그가 허겁지겁 돌아가야 할 미지의 땅을 상상하며 즐거워했고, 그가 이 쓸쓸한 동네에 신선한 바람을 일으켰다는 인상을 받기도 했다. 덩달아 그들의 세상, 내가 점심시간 안에 다녀올 수 없는 미지의 식당을 상상하기도 했다.

기분이 좋은 날엔 이런 저렴하고 훌륭한 콩나물 비빔밥을 먹는 내가 바깥세상 사람들보다 우월하게 느껴졌다. 평범한 날들엔 영원히 모선으로 돌아갈 수 없는 난파선 같은 신세라고 생각했다. 그래도 계산을 할 즈음엔 대체로 평온했다. 무엇에도 화가 나거나 조급하지 않았고, 무엇에도 슬프지 않았다. 최소한 알루미늄 문을 열고 햇볕 아래 서기 전까지는 마음이 안전했다.

컨테이너 식당을 나서면 으레 가까운 서점으로 향했다. 책 구경도 하고 한적한 서가 통로에 주저앉아 책을 읽기도 했다. 예상과 달리 철학 서가는 나와 똑같은 생각을 하고 통로를 선점한 사람들로 빈자리가 거의 없었다. 나의 망명지보다 더 저렴하고 더 빠르게 먹을 수 있는 그들의 망명지는 어디일까? 머쓱한 기분으로 컴퓨터나 전자공학 서가로 자리를 옮기면, 프로그램 언어, 설계, 디자인 앱 안내서들이 버려진 유적처럼 방치돼 있었다. 세월에 젖은 책등에는 이미 구버전이 된 숫자가 적혀 있기도 했다. 그 자리에서 다른 책장에서 가져온 책을 읽었다. 그러다가 몇 권을 내 방 책장으로 옮겨 오며 내가 제일 저렴한 메뉴로 점심을 먹는 이유가 책이나마 마음껏 사기 위함은 아닌지 생각해 보기도 했다.

그러나 그 모든 것은 혼자 점심을 먹기 위한 핑계. 십여 분 만에 식사를 마치고 자리에서 일어나면, 남은 사십여 분의 시간은 말 그대로 여분이었다. 이제 막 병을 이겨내려는 사람이 몸가짐을 조심해야 하는 시기처럼 식당에서 다져 온 평온을 유지하려는 마무리 체조 같은 시간이었다. 아직 설익은 나를 무르익게 해

주는 한 끼의 빛, 소금과 감미료로 전력을 공급받은 그 인공적인 빛이 나는 유기농 식단이나 화려한 정찬보다 기꺼웠다. 지금도 내가 식당을 판단하는 기준엔 이 불완전한 경험이 작용한다. 비싸서도 아니고 저렴해서도 아니다. 건강에 좋을 것 같아서도 아니고 기념사진을 남길 만한 곳이어서도 아니다. 내게 훌륭한 식당은 어떤 상황 안쪽에서만, 내가 떠밀려 가는 어느 시절의 맥락 안에서만 발견할 수 있다. 이제 내 중심 가까이에 놓여 있던 컨테이너 식당을 다시 찾으려 해도 시절이 바뀌어 버렸다. 나는 종종 그 식당과 비슷한 곳이 나타나기를 바라며 하릴없이 사무실 근처 골목을 헤맨다. 그 가격에, 혼자, 밥 한 끼 후딱 해치울 수 있는 곳을 되찾길 바란다.

　　　나의 망명지, 컨테이너 식당 자리에 거대한 빌딩이 들어섰다. 식당이 사라지기 전에 내가 먼저 그 거리를 떠나버렸지만, 어느 날 오랜만에 근처를 지나다가 그곳의 마지막 한 끼를 먹지 못했다는 사실을 알아버렸을 때 어쩐지 친밀하게 느껴졌고 의지하기도 했던 장소가 없어짐으로써 나의 한 시절도 나란히 허물어져 버린 듯했다. 아주머니가 그리 멀지 않은 어떤 허름한 가게에서 장사를 계속하시기를 바랐다. 그런데 이제 그쪽 주변으로는 그럴 만한 곳이 거의 남아 있지 않았다. 높은 건물이 더 늘어났고, 프랜차이즈 식당들이 구역을 나누어 차지하고 있었다. 나는 컨테이너 식당이 있던 자리를 가늠해 보며 내가 이 도시 구버전의 사용자로 남겨졌음을 깨달았다. 새로운

버전에서는 이 거리에 처음부터 저 거대한 빌딩이 세워져 있었던 거다. 나도, 컨테이너 식당도, 콩나물 비빔밥도 완전히 덮어버리고.

　　이후 같은 값에 콩나물 비빔밥을 파는 식당 몇 곳을 본 적이 있다. 문을 열고 들어가 보지는 않았다. 실망할까 겁이 나서였을 수도, 나에게 3,500원짜리 콩나물 비빔밥은 오직 그 컨테이너 식당에서만 먹을 수 있는 한 끼라고 생각해서였을 수도 있다.

　　내가 그 시절을 버틸 수 있었던 건 컨테이너 식당의 한 끼 덕분이었다. 내가 그 시절에서 벗어날 수 있었던 것도 참기름 냄새 그윽한 비빔밥 한 그릇 덕분이었다. 그런 끼니를 나는 진실한 한 끼라 부르고 싶다. 아마 컨테이너 식당을 지키던 아주머니는 당신의 국자가 어떤 이의 삶을 미미하게나마 바꾸어 놓았다는 사실을 모를 것이다. 누구도 그런 걸 알 수는 없다. 그저 내가 추억할 뿐이다.

　　거대한 중장비가 컨테이너를 옮기거나 무너트리는 장면까진 상상하지 않는다. 다만 마지막 장사가 끝나고, 내가 앉았던 의자가 길가에 어떤 모습으로 내어져 있었을지 조심스레 그려 본다. 쿠션이 찢긴 채로 수거 딱지가 붙어 용역 트럭을 기다리던 밤, 가스레인지는 재빠르게 중고업자 손에 들려가고, 아주머니는 알루미늄 문을 영원히 잠그며 한숨을 내쉬었을까? 미련 없이 돌아섰을지도 모를 일이다. 서울 한복판의 한복판에서 한 끼 가격이 삼천오백 원, 애당초 어둑한 셈법이었다고. 밥을 먹던 사람들이 TV에서 들은 마지막 뉴스는 무엇이었을까?

안락한 망명지를 잃은 사람들은 이제 어디를 기웃거리고 있을까?

그 황홀한 비빔장 레시피가 누군가에게 무사히 전해졌을까?

앞으로 다시는 먹지 못할 음식이 있다는 사실을 나는 몇 번이나

더 받아들이게 될까?

진실한 한 끼

2

반찬은 다 차려두었어
가정식 백반

백반은 글자 그대로는 '흰밥'이라는 의미지만, 일반적으로 밥과 국만 따로 나오고 밑반찬은 함께 나누어 먹는 상차림을 뜻한다. 어느 설문조사에 따르면 직장인들이 점심으로 제일 많이 먹는 메뉴이기도 하다. 누군가는 이를 두고 급식이라 부르고, 누군가는 집밥이라 부른다. 같은 식당이라도 매일 차려주는 반찬이 다르듯, 우리가 음식을 대하는 태도도 마음 씀씀이에 따라, 그날 기분에 따라 달라진다.

무더운 여름이라도 메뉴판에서 '백반'이라는 글자를 읽으면
속이 시원해진다. 육체의 욕구를 채우는 수고도 모자라 입맛의
변덕에도 맞춰줘야 한다는 매일의 과제가 '백반' 하나로
해결된다.
"그래서, 오늘은 뭘 먹지?"
자리에 앉아 다른 메뉴를 고르기라도 할 듯 잠시 시간을 끈다.
하지만 점원도 알고 나도 안다.
"여기 백반 하나요."

첫 직장의 사원증을 반납하고 얼마 뒤 책 편집과 여행 콘텐츠
제작 일을 하게 되었다. 적은 인원이 기획, 편집, 디자인,
마케팅까지 닥치는 대로 하다 보니 집중의 리듬이 매일
달라졌다. 당연히 점심시간도 불규칙해졌다. 오전 열한 시에
서촌의 유명 중국집(사실 아주 유명하진 않은데 항상 사람들이
줄을 서 있고, 먹어 보면 이렇게 서 있을 만하다는 걸 안다)으로
달려가기도 하고, 오후 세 시에 이제는 편의점에라도 좀 가 볼까
뭉그적거리며 일어서기도 한다. 되도록 수백 명의 회사원들이
거리로 쏟아져 나오는 정오는 피하려 한다. 그러니 가장 이상적인
시간대는 오후 한 시 반 경. 이때면 대부분의 직장인은 커피 한
잔과 함께 사무실로 복귀했고, 식당 아줌마는 주방 가장 가까운
테이블에 앉아 TV를 보며 한숨을 돌린다. 다행히 '백반 타임'이
아직 끝나지 않은 시각이기도 하다.

서촌을 거쳐 광화문으로 이사 오기 전에는 사무실이 성수동에 있었다. 거기서 지낸 몇 년 동안 '핫 플레이스'라 불리는 인테리어와 식단에서 유행을 선도하는 식당과 카페가 하나둘 늘어가는 변화를 즐거운 마음으로 지켜보았다. ("비빔밥에 아보카도와 명란젓만 넣으면 맛집이 되는 건가?" 그러면서도 항상 그런 걸 먹었다.)

아이들이 문방구를 들락거리고 담황색 플라스틱 화분 옆에 할머니들이 볕을 쬐며 앉아 있던 골목에 사람들이 줄을 서는 생경한 광경이 펼쳐졌다. 그러다가 한 곳이 망해서 사라지면 주변으로 두세 곳이 늘어나는 끈질긴 도전 앞에 숙연하기도 했다. 물론 나도 사무실 사람들과 함께 점심을 먹을 때는 인기 있는 식당을 찾아다니며 '핫플' 입지의 덕을 보았다.

반면 혼자 밥을 먹는 날에는 유행의 변두리에 있다고 할 어느 고깃집을 찾았다. 거기선 인원수대로 알아서 상을 차려주는 점심 백반을 팔았다. 붐비는 시간대만 지나면 혼자라도 반갑게 맞이해 주던 그 고깃집의 백반은 마지막으로 갔을 때도 오천오백 원을 유지하고 있었다. 메뉴를 고민할 필요가 없어서 편했고, 가끔 한낮에 삼겹살을 시키는 손님들이 들어와도 그들이 첫 쌈을 싸기 전에 내 밥그릇을 비우고 일어날 수 있었다. 식사를 마치면 젊은 창업자들이 미처 손 뻗지 못한 골목을 찾아다니며 여기에는 뭐가 생길까 상상하는 소일로 남은 점심시간을 보냈다.

이 고깃집 백반의 주반찬으로는 제육볶음이나 닭볶음탕,

생선 구이나 조림, 오징어볶음 따위가 돌아가며 등극했다.
(삼겹살과 소갈빗살을 파는 고깃집인데 백반에서 가장 맛있는
반찬은 닭볶음탕이었다.) 가끔 카레나 짜장밥, 비빔밥이 별미로
나오기도 했다. 거기에 항상 국 한 사발과 곁들임 찬 네다섯
가지가 나왔으니 말 그대로 '6찬 밥상'이었다. 처음엔 이 가격에
이렇게 얻어먹어도 되나 황송한 마음이었다. 하지만 곰곰 생각해
보니 육류는 고깃집을 운영하며 거래를 튼 곳에서 저렴하게 떼
올 것이고, 콩나물 무침, 어묵이나 멸치 볶음, 된장에 무친 고추,
오이, 당근, 쌈 채소, 김치, 쌈장 등은 고기를 먹을 때 내어주는
밑반찬이었다. 식재료 회전을 위해서나 실속 면에서나 영리하고
알뜰한 식단이었다. 그때부터 나는 다른 곳은 몰라도 고깃집에서
파는 백반에는 막연한 믿음 같은 것이 생겼다. 고깃집이라는
말에서 그려지는 푸근한 인상처럼 으레 여섯 가지 반찬 정도는
흔쾌히 올려줄 그런 곳이라고.

다만 왜 하필 '6찬'인지는 먹으면서도 잘 몰랐다.
편의점에도 '6찬 도시락'이 있는 것을 보면 반찬 가짓수에 어떤
의미가 있겠거니 했다.

옛날에는 '찬' 대신 '첩'이라는 말을 썼다. 사회 계층에
따라 3첩, 5첩, 7첩을 상에 올렸는데, '첩'은 뚜껑 있는 그릇에
담은 반찬을 뜻한다. 첩 수에 기본 음식으로 치던 국이나 찌개,
김치, 장류는 넣지 않았다. 꽤 잘 사는 양반집이 5첩을 먹었다.
임금에게 올리는 수라상은 무려 12첩이었다는 설도 있는데,

정확한 사료도 없거니와 정조 같은 검소한 왕들은 거나한 식사를
하지 않았다고 한다.

　　　이런 상차림 관행은 현대까지 이어졌으며, 70년대 초에
한 번, 70년대 말에 또 한 번 서울시에서 음식 낭비를 줄이자고
'표준식단'을 제정할 때 빛을 발했다. 밥그릇 크기와 밥 담는
양은 물론 업종에 따라 손님에게 나갈 수 있는 반찬수까지
규제하면서 국과 김치를 포함해 3찬, 5찬, 7찬으로 차등을 두는
등 전통 상차림을 엇비슷하게 구현했다. 가장 큰 영향을 받은
곳은 상다리가 휘어지게 찬을 내와야 했던 한정식 집이었다.
당시 800원*이었던 C급 보통 한정식 메뉴가 기본 5찬에 부가
1찬, 모두 6찬을 내놓을 수 있었다. '6찬은 잘 사는 양반댁이
먹었다던 5첩의 변형, 평범한 시민이 기분 내고 싶을 때 먹을
만했던 한정식의 반찬 가짓수라 할 수 있다.' 이게 사흘 연달아
고깃집으로 백반을 먹으러 가던 어떤 날에 온라인 백과사전을
훑으며 막연하게 내린 추론이었다.

---

* 요즘 물가로 치면 14,000원 정도다. 원래는 1,000원이었는데 표준식단제를 실시하며
　반찬 수가 줄어 가격도 내렸다고 한다. 「한정식 등 음식값 10%씩 내려」, 경향신문, 1973.2.7.

여섯 가지 반찬을 놓고 밥을 먹고 있으면 내가 한 끼를
제대로 먹고 있구나, 든든함에 더 배가 불렀다. 백반의 매력은
바로 그것이었다. 단일 메뉴보다 오백 원이라도 저렴하고 차리는
속도가 몹시 빠르지만 내가 제대로 먹고 있구나 하는 안심을 준다.

여러 명이 함께 밥 먹는 자리에서 백반을 달가워하지
않는 사람도 있다. 서로의 입에 들어갔던 젓가락이 같은 반찬을
뒤적거리는 게 비위생적이라 한다면, 그 지적을 피할 길이 없다.
성수동에 새로 생긴 식당들은 반찬의 양이 적더라도 정갈한 일인
상을 차려주는 전략을 택하곤 했다. 사람들이 줄을 서는 식당은
바로 그런 곳이었다.

혼자 먹는 밥상을 여러 명이 함께 먹는 상보다 우위로 치는
문화도 있었다. 중국은 오래 전부터 커다란 식탁에 음식을 차리고
식탁에 둘러 앉아 먹는 문화가 자리 잡았지만, 우리나라는 조선
후기에 이르도록 소반에 차린 일인 상을 고집했다. 조선 성리학의
영향이었을 것이다. 이 소반은 집안 남자, 어른만 받을 수 있는
권위의 밥상이기도 했다. 일본도 상황은 비슷해 19세기까지
다수가 공유하는 교자상에 차리는 음식을 저급하다고 보는
시각이 있었다.

내게는 위생이든 정성이든 권위든 연연할 일이 없었고,
따로 대접 받는 기분을 낼 이유도 없었다. 백반도 혼자 먹으면
누구와 나눌 것 없는 일인 상이었다. 혼자 왔다고 반찬 한두
가지를 빼고 주는 곳은 아직까지 본 적이 없다.

누군가 '요리'와 '조리'는 다르다고 말했다. 자신이 요리를 한다는 자부심이 있던 사람의 말이다. 생업을 하다가 한 시간 쯤을 내어 먹는 밥이 언제나 '요리'일 수는 없다. (일단 식비가 많이 든다.) 그의 기준에서 백반은 불가피하게 '조리'다. 일상성과 반복성, 연속성을 피할 수 없다. 나는 바싹 마른 어묵 쪼가리가 껴 있다 해도 이 끝없는 권태 속에서 가능한 한 끼는 제대로 챙겨 먹자는 백반의 마음에 손을 들어줄 수밖에 없다. 진짜 '집에서 해 먹는 밥'이라 하더라도 대여섯 가지 반찬을 꼬박 챙겨 먹는 가정을 더는 찾아보기 힘들어졌다. 그리고 그 방향이 옳은 것 같기도 하다. 외식과 배달 음식이 보편화됐고, 음식 낭비를 막기 위해서라도 반찬 수를 줄이자는 (대신 제대로 만들자는) 공감대가 형성됐다. 흔히 머릿속에 떠올리는 '집밥'은 이제 백반집에서만 찾아볼 수 있다. 지금은 식당 아주머니들의 수고와 피로에 든든한 한 끼 집밥을 위탁해야 하는 시대다.

사무실이 서촌에 있을 때, 가장 아쉬웠던 게 백반이었다. 서촌의 첫 번째 연관 검색어가 '서촌 맛집'인 현실과는 무관하게 이 동네에서 백반집 찾기란 쉬운 일이 아니었다. 외국 관광객들이 줄을 서서 먹는 삼계탕 파는 저택, 통창으로 따가운 햇살을 받으며 열대 몬순 기후를 유사 체험할 수 있는 태국 음식점, 뭔가 있어 보이는 다수의 중국집, 그 중국집보다 많은 일식집, 그 와중에도 제 갈 길을 가는 이탈리아, 스위스, 프랑스, 스페인

음식집, 각양각색의 디저트 가게, 밤에는 술집으로 변신하는
식당들이 이 거리의 식단을 주무르고 있었다.

백반이 먹고 싶을 때는 대로를 건너 광화문 역 방향,
지금 사무실이 있는 오피스 지역으로 오곤 했다. 대부분의
빌딩 지하 1층에는 식당 아케이드가 있고, 그곳에 백반집도 몇
군데 있었다. 창백한 조명이 밝히는 지하 통로에 미처 사라지지
않은 소문처럼 음식 냄새가 떠돌고, 유리창 안을 기웃거리며
걸으면 개중 반가운 소식도 있다는 듯 '오늘의 백반' 메뉴가 적힌
화이트보드가 보였다. 이런저런 찌개와 덮밥, 볶음밥 등을 파는
간이식당들이었다.

지하 아케이드에도 유명세를 떨치며 손님 줄 세우는 집이
있지만, 간이식당엔 줄을 서기 싫거나 줄을 서다 지친 사람들이
흘러들어 적당히 자리를 채운다. 혹시 만석이라도 간판만
다른 비슷한 식당이 모퉁이 돌아, 또는 옆 건물 지하 아케이드
안에 있었다. 대체 가능하다는 것이, 대체 가능한 곳도 개의치
않는다는 것이 서글픈 일일까? 그저 혼자 앉아 묵묵히 수저를
뜨는 동료들을 만나 반가웠다는 사실만 기억하기로 한다. 경복궁
영추문 좌우로 펼쳐진 고즈넉한 돌담, 그 자체로 조형물 같은
도도한 갤러리, 어떤 날씨라도 개의치 않고 한복을 차려 입은
외국인 관광객과 한낮의 데이트를 즐기는 청춘들. 성수동에서도
그랬듯, 빛나게 약동하는 서촌이라는 '핫 플레이스'에서 하릴없이
새어나가던 안정감을 여기 지하 식당에서 되찾을 수 있었다.

그럼에도 불구하고 이 동네 백반집은 내가 가던 성수동의 고깃집과는 조금 다른 공기가 흐른다. 여기서는 일하는 사람도 먹는 사람도 침묵을 쉬 깨지 않는다. 성수동 고깃집에는 낮에도 일하는 아주머니가 여럿이었다. 그곳엔 활기가 있었다. 사장님이 한쪽에서 저녁 장사에 쓸 채소를 다듬는 동안 두 아주머니는 주방에서 상을 차리고 다른 두 아주머니는 홀에서 음식을 날랐다. "여기 한 분 닭도리탕 안 나왔어!" 당연히 받아야 할 반찬 그릇을 챙겨주는 그 말에 나는 왜 빤히 감격했을까. 그들은 서로를 이름으로 불렀고, 시계 부품처럼 손발이 딱딱 맞는 중에도 친밀한 분위기를 잃지 않았다. 그것이 여섯 가지나 되는 반찬만큼이나 손님의 안쪽 어딘가를 든든하게 해 주었다. 난 어쩐지 그 아주머니들이 물밀 듯이 밀려들었다가 후딱 그릇을 비우고 일어나는 우리를 안쓰럽게 여긴다는 생각을 지울 수가 없었다.

평일 점심시간은 누구나 인정하는 휴게 시간이지만 어쩐지 그 휴식은 자신보다는 업무의 연속, 효율을 위한 투자 같다. 그래도 나는, 나를 생각해서 백반집을 찾는다. 다들 피로한 듯 말을 아끼며 시선을 나누지 않는 공간. 하지만 내 차례가 오길 기다리며 다른 사람은 뭘 먹고 있나 흘끔거리며 느슨한 동료애를 느끼는 공간.

상이 차려지면 어제의 백반상과 비교하며 가만히 반찬 수를 세어 본다. 치사한 셈법 때문이 아니라 식당 테이블에 마음을 얹는 간단한 의례로서. 여섯이 되지 않는다고 실망하지

않는다. 여섯이 넘는다고 감격하거나 추켜세우지 않는다. 늦은
저녁에, 오늘 이른 아침에 이 반찬들을 무치고 버무리고 졸이고
볶았을 주방 안의 바쁜 손길을 상상하며 내가 오늘도 이 밥을
먹을 자격이 있는지 뒤돌아본다. 나는 너무 자주 허튼 끼니로 나
자신에게 벌을 주었고, 그걸 은근히 즐겨 왔다. 오늘은 어제를
만회하는 날이다.

그래도 가끔은 주방에서 깜빡한 내 닭볶음탕을 챙겨주던
성수동 식당이 그립다. 내가 백반을 좋아하게 된 것은 가격도
속도도 맛도 아닌 어느 고깃집의 활기찬 외침 때문인지도
모르겠다.

3

우리만의 고유한 음식

토마토 스튜

'토마토 스튜'의 레시피를 읽어 보면 이 음식이 그리 낯설지 않다. 찌개를 끓일 때 고추장이나 된장 대신 토마토소스를 넣으면 얼추 비슷해진다. 매콤하게 끓이면 안주로도 안성맞춤. 토마토 스튜나 그 비슷한 음식을 주로 술집에서 찾을 수 있는 것도 그 얼큰 시원함 덕분이다. 토마토 특유의 신맛과 감칠맛이 술맛 나게 하는 건 물론, 술을 마시면서 술을 해독하자는 의지도 다질 수 있으니까.

토마토 스튜를 만든다는 아내의 말에 나는 뭐라고 답해야 할지 몰랐다. 결혼 전이었고, 우리는 캐나다 몬트리올에 머물고 있었다. 어느 마트든 카트를 끌고 다니기만 해도 즐거워서 우리는 딱히 살 게 없어도 산책 삼아 마트에 들어가곤 했다. 캔이나 병에 붙은 라벨 한 장, 제품을 소개하는 특유의 서체와 처음 보는 로고 하나조차 이국적인 향취를 풍기고 호기심을 불러일으켰다. 차가운 수증기에 신비로움이 더해진, 고향의 것과는 살짝 다르게 생긴 채소, 돼지고기 가격표를 잘못 붙인 것 같은 소고기, 내게는 썩 맞지 않았으나 아내는 무척 좋아하던 각양각색의 유제품이 사지는 않아도 좋으니 얼굴이나 한 번 보자며 거의 매일 우리를 부르곤 했다.

토마토 스튜를 만들기로 한 날 아내는 홀토마토와 토마토 페이스트 통조림을 샀다. 왜 토마토가 떡하니 그려진 통조림을 두 개나 사는지 모를 일이었다. 사실 두 가지가 서로 다르다는 것도 몰랐다. 그러면서 불안했던 것은 언젠가 어느 라면 가게에서 본 '토마토 라면'이라는 메뉴 때문이었다. 내게 훌륭한 라면은 면이 꼬들꼬들하고 국물은 퍽 매콤하면서 찬밥을 말면 단맛이 올라오는 것이었다. 내 빈곤한 상상력이 펼친 식탁보 위에서 토마토 라면은 토마토케첩을 넣고 끓인, 혹은 시중에서 파는 페트병 토마토 주스 같은 국물에 면을 넣은 음식이었다. 토마토 스튜라, 내가 스튜라는 음식을 먹어 본 적은 있었나?

아내는 각설탕 모양으로 잘린 소고기가 저렴하다고

추켜세운 다음, 한국 마트에서는 '허브 코너'에나 모여 있을
희한한 이름의 채소들을 카트에 담았다. 나는 무방비 상태로
실험실에 끌려가는 기분이었다.

그날 저녁 아내는 예고한 대로 토마토 스튜를 끓였다. 내
입맛에 맞춰 청양고추보다 맵다는 남미 어딘가의 고추까지 넣은
걸쭉한 국물 요리였다. 그날 이후 아내가 오늘은 뭘 먹겠냐고 몇
가지 선택지를 주면 난 토마토 스튜를 택했다. 선택지에 토마토
스튜가 없는 날에도 토마토 스튜를 택했다. 스튜라는 음식이
갑작스레 내 마음 한 자리를 차지하게 될 줄은 정말 몰랐다.

이탈리아는 세계적으로 토마토를 가장 많이 먹는 나라로 알려져
있다. 하지만 16세기 남미에서 토마토가 처음 들어왔을 땐
다른 유럽 국가들처럼 이 새빨간 열매를 감히 식용으로 쓰지
못했다. 유럽에 자생하던 맨드레이크, 벨라돈나풀 같은 여타
가지과 식물들처럼 토마토에도 독성이 있다고 믿었기 때문이다.
창세기에 나오는 선악과가 토마토라는 루머도 돌았다. 그래서
나폴리처럼 남부의 가난한 도시에서만 토마토를 먹었고, 종교적
거부감이 없는 동남아시아나 중국을 비롯한 동양에서 먼저
토마토, 고추 따위의 외래 작물을 식탁 위에 올렸다.

당시의 유럽인들, 나중엔 미국인들까지(토마토는
미국에서도 찬밥 신세였다) 상상도 못했던 일이지만, 알다시피
토마토는 효능이 엄청나게 많다. 노화 방지, 항암 작용, 기가

막힌 숙취 해소 효과까지. 토마토로 영생에 가까워졌다는
사람 이야기를 듣지 못한 게 이상할 정도다. 그래도 의심은
말아야 한다. 채소라고는 하지만 과일처럼 날것으로 먹는 게
더 익숙한 이 영약은 칼과 불로 파괴할 때 더 훌륭한 영양소가
된다. 요리책의 저자들도 생 토마토로 조리하는 번거로움 대신
열처리를 한 갖가지 토마토 통조림을 쓰라고 권한다. 친척뻘인
토마토케첩만 그가 조연으로 등판하는 패스트푸드와 함께
사람을 병들게 한다는 비난을 받으며 눈물 흘릴 뿐이다. (사실
인류가 패스트푸드를 끊을 수는 없을 테니 속으로는 웃고 있다.)

　　　　나와 아내는 장을 볼 때 습관적으로 토마토 펄프나 토마토
퓌레를 부엌 선반에 채워 넣었다. 기나긴 유통 기한 때문에
병입 처리된 식재료가 과연 건강에 유익할 것인가 의심스럽지만,
수납장 어딘가에 몇 달 방치한다고 음식을 그냥 내다 버릴 일은
없다는 데 안심하기도 한다. 그러니까 이 모든 토마토소스의
재료들은 냉장고 한 자리를 차지하고서 천천히 줄어드는 우리
집 된장, 고추장과 다르지 않은 존재다. 매일 필요하진 않지만
언제 필요할지 모르거니와 없으면 몹시 아쉬울 존재. 김치찌개나
된장찌개를 먹어야만 하는 날이 있듯, 우리에겐, 아니, 나에겐
토마토 스튜를 먹어 줘야 하는 날이 있다. 그런데 이상한 일이다.
나의 태생, 살아온 환경과 전혀 접점이 없는 이 외래 음식이 어떤
이유로 나의 일상식이 되었을까?

일반적으로 스튜 조리의 첫 단계는 다음과 같다.

"큐브 등 먹기 좋은 모양으로 자른 고기를 표면이 갈색으로 익을 때까지 버터에 볶는다."

우리 집에서는 버터 대신 올리브유에 고기를 볶는다. 프랑스 문학이냐 이탈리아 문학이냐 묻는다면 프랑스를 택하겠지만(움베르토 에코와 이탈로 칼비노 말고는 읽어 본 이탈리아 작가도 몇 없다), 프랑스 음식이냐 이탈리아 음식이냐 묻는다면 기꺼이 이탈리아를 택한다. 내 머릿속에서 프랑스 음식은 버터와, 이탈리아 음식은 올리브유와 연결되어 있으니 나도 올리브유로 고기를 볶는 게 좋다. 그건 직접 요리를 할 때도 마찬가지다.

　　책이나 블로그에서 보는 레시피는 충직하면서도 냉장고 재고 현황에 따라 유연하게 대처할 수 있는, 다분히 상대적인 안내자이다. '까나리 액젓 한 숟가락'은 '피시소스 한 숟가락'으로 대체하고(보통 부엌엔 피시소스가 아니라 까나리 액젓이 있을 텐데!), '미림 혹은 맛술 두 숟가락'은 먹다 남은 와인, 아니면 소주 두 숟가락에 설탕을 약간 넣어 갈음한다. 레시피가 권하는 재료 대신 대체재를 썼을 때 어떤 치명적인 차이가 있는지는 모르겠다. 모르는 편이 속 편하지 않을까? 하물며 전문적으로 요리를 공부한 아내가 버터 대신 올리브유를 쓰겠다는 데 이견이 있을 리가. 그래서 고기를 꼭 버터에 볶아야 그 음식을 '스튜'라고 부를 수 있다면, 우리가 먹는 토마토 스튜는 사실 '그' 스튜가

아닌 셈이다. 그럼 뭐라고 해야 하나, 토마토 찌개라고 해야
하나? 별로 먹고 싶은 이름은 아닌 것 같은데.

나는 정통 토마토 스튜를 먹어 본 적이 없다. 정통이
어느 나라에서 시작했는지도 잘 모른다. 토마토를 때려 넣으니
이탈리아라고 추측할 뿐이다. 아내의 조리법도 이탈리아에서
배워 온 것이지만 그대로 따르지는 않는다고 한다. 구할 수 있는
재료부터 다르기 때문이다. 아내가 만들어 준 첫 번째 토마토
스튜는 캐나다산 고기와 채소, 이탈리아산 토마토소스를 썼다.
한국인이 미대륙산 재료로 만든 이탈리아식 토마토 스튜. 이
음식은 혼종이라는 이유로 어떤 거부할 수 없는 매력을 발산하는
게 아닐까?

처음 맛본 토마토 스튜는 경험해 본 적 없는 맛이긴 했으나
그렇다고 이질감이 느껴지지도 않았다. 어떤 면에서는 어렸을
때부터 즐겨 먹었던 음식 같았다. 예컨대 내 기준에선 산초를
잔뜩 넣은 추어탕보다도 토종의 맛에 가까웠다. 토마토 특유의
감칠맛과 신맛, 열정적인 고추씨의 매콤함, 거기에 혀끝에 남는
은은한 단맛까지. 신김치를 넣은 김치찌개, 칼칼하면서 구수한
차돌 된장찌개, 햄과 라면, 소세지를 황금 비율의 양념장(나에게
이 레시피가 있다)으로 졸이는 부대찌개와 견주어도 손색없었다.
토마토 가공품의 주 제조국이 이탈리아이며 이들이 국내에
들어온 지 100년도 안 됐다는 이유만으로 한식과 토마토소스가
양립할 수 없다는 상식이 항간에 고수되지만, 내심 김치찌개나

라면을 끓일 때도 토마토소스를 넣고 싶어 손이 근질거린다.

결혼 후 발리를 여행하다가 어느 쇼핑센터에서 늦은 저녁을 먹었다. 분명 앉은 데는 빵집이었는데 메뉴판이 세계 요리를 망라하고 있었다. 발리에서 빵집을 하려면 이 정도 요리 실력은 기본인 건가? 거기서 굴라쉬를 주문한 건 물론 그게 헝가리판 토마토 스튜였기 때문이다. 대단한 기대를 품지는 않았다. 아무리 둘러 봐도 주방이 안 보였기 때문이다.

결과적으로 '발리풍' 뚝배기에 나온 굴라쉬는 지금껏 밖에서 사 먹은 토마토 스튜 중에서도 손에 꼽을 정도로 맛있었다. (알고 보니 쇼핑센터에 입점한 식당들이 서로 연계되어 있어서 우리가 시킨 굴라쉬는 다른 곳에서 가져다주는 것이었다.) 기가 막힌 점은 꼭 닭볶음탕 맛이 난다는 것이었다. 김치찌개에 토마토소스를 넣는 좀 그렇다는 심리적 장애물 하나가 가볍게 사라졌다. 토마토 스튜를 좋아하지 않았어도 이 닭볶음탕 같은 굴라쉬를 맛있게 먹었을까? 물론이다. 난 닭볶음탕도 엄청 좋아하니까. 하지만 5년 전 몬트리올에서 내 입맛에 변화가 일어났다는 사실도 부정할 수는 없었다.

낯선 환경에서 우리는 정서적으로 단단히 묶여 있었고, 그 가운데 내 입맛에 맞춰 정성을 다한 토마토 스튜가 나에게 깊이 아로새겨졌다. 어떤 음식에 특별한 의미가 생겨나는 데는 맛만큼이나 어떤 상황에서 음식을 먹는지가 결정적인 작용을 한다. 왜 평범한 식사가 진실한 한 끼로 기억되는지 그 이유를

되짚다 보면 어느 한 시점이 놓여 있던 삶의 맥락을 이해하게
된다. 내가 어떻게 살아왔는지, 음식은 감각의 엔진이 되어
머리보다 빠르게 기억을 자극한다. 음식이 불러일으키는 정서는
년도와 주요 사건으로 요약된 연대기보다 더 깊고 사소한
내면에 뿌리내리고 있다. 그 근원을 하나둘 더듬어 내려가다
보면 끄트머리에 매듭지어져 있는 지난 시절의 '나'들을 하나씩
마주친다. 우리는 서로에게 용기를 주고, 때로는 서로를
용서하기도 한다.

　　　　닳고 닳은 주방기구와 코일을 벌겋게 달궈 조리하는
생소한 전기 레인지. 내 평생 한 번도 집어 본 적 없던 토마토가
그려진 통조림 두 캔. 우리만의 섬이었던 타인의 부엌. 지금껏
무의미하게 살아왔다는 불안과 허탈함이 그 부엌에서 잊혔다.
지금부터는 이전보다는 나은 쪽으로 삶이 나아갈지 모른다는
막연한 희망도 품었다. 그리고 그건 어느 정도 현실이 되었다.
그때 아내는 양식도, 한식도 아닌 우리 삶의 새로운 형식을 끓여
냈던 것이다.

이탈리아 음식은 좋다면서 이탈리아 문학은 잘 모르겠다고 한 게
마음에 걸려 움베르트 에코의 글을 찾아본다.

"풍경과 언어, 민족 집단의 이런 다양성은 무엇보다 음식에 그대로
드러난다. 외국에서 맛보는 이탈리아 음식은 그 맛과 상관없이

진정한 이탈리아 음식이 아니다. (…) 본고장을 벗어난 음식은 숙명적으로 새로운 지역의 기호에 맞춰 재탄생한다. (…) 고유한 그 무언가를 잃어버린다."*

아내는 이탈리아에서 배워 온 레시피로 토마토 스튜를 끓였지만 이탈리아 음식은 아니었다. 그 스튜는 이탈리아 고유의 무언가를 잃어버렸다. 우리 고유의 무언가가 되기 위해서.

*『왜 이탈리아 사람들은 음식 이야기를 좋아할까?』, 엘레나 코스튜코비치, 움베르토 에코 서문, 랜덤하우스, 2010, 11쪽.

4

단골집이 좀 많습니다

짜장면과
탕수육 세트

짜장면과 탕수육 세트에서 짜장면은 짬뽕으로 교체 가능하지만 추가 금액이 있다. 탕수육은 소 자보다 적게 나와도 요리와 함께 먹었다는 포만감, 만족감을 주기에 충분하다. 삼겹살과 함께 이삿날의 베스트 초이스. 이사 중에 점심으로 짜장면을 먹으면 시간도 아끼고 소비한 열량도 배로 채울 수 있다. 이사한 집과 더불어 짜장면 맛을 극대화할 수 있는 장소가 또 있다면 아무래도 당구장이 아닐까?

디자이너에게 모든 데이터를 넘기고 나자 12시 30분. 오후에는
회사 SNS에 올릴 이미지와 씨름해야 하고, 새로 들어온 필자의
글도 편집해야 한다. 얼큰한 국물을 마시고 정신이 번쩍 들고
싶은데 라면은 좀 질린다. 무작정 나가기에는 날도 오지게 춥다.
문득 소문만 듣고 가 보지는 않은 중국집이 떠올랐다. 짬뽕이냐,
짬뽕밥이냐. 간만에 찾는 낡고 평범한 중국집이다.

　　　홀엔 혼자 온 손님들이 단관 극장에 온 것처럼 앞뒤 일렬로
앉아 있다. 여닫이문에 가려진 '룸', 아니 그냥 온돌방에서는 서넛
정도의 목소리가 들려온다. 길게 뚫린 주방 창에서 영사기 불빛
같은 가스 불꽃이 새어나오고, 커다란 웍의 흔들림이 멈추면 과연
어떤 음식이 담기는지 다들 주방장의 손을 기대에 차 바라본다.
주방 쪽을 향해 앉는 이유가 있구나. 나는 옆 테이블 남자가
짬뽕밥이라고 하는 말에 신경을 쓰다가 결국 짬뽕을 주문한다.
항상 면을 시키면 밥이 아쉽고, 밥을 시키면 면이 아쉽다. 어디
짬뽕을 면이랑 밥 반반 주는 곳은 없나? 그렇다면 기꺼이 단골이
될 텐데.

　　　중국집은 직장인이 한 끼를 먹기에 최적화된 곳이다. 면도
있고 밥도 있고 여럿이 먹을 때는 요리도 곁들이고. 지나가던
누군가가 한 방향으로 끊임없이 고개를 주억거리며 젓가락질을
하는 우리를 보면 열심히들 살고 있구나 대견해할지 모른다.
그러고 보면 오늘처럼 혼자서 중국집을 찾아와 밥을 먹는 것도
오랜만이다. 다른 사람들과 배달을 시켜 먹거나 인테리어를

고급스럽게 한 곳에서 회식을 한 적은 많지만, 스스로 중국집을 찾는 건 의식적으로 피해 왔다. 단무지와 양파에 식초를 뿌리며 곰곰 이유를 물었다. 아마도 그때의 모험 이후부터였다.

막 신입 티를 벗었던 시절. 종로에서 술을 마신다는 건 숱한 선택지에서 익숙한 몇·군데만 돌아가며 택하는 일이었다. 골목마다 술집이 발에 채였지만, 믿을 만한 곳까지는 발품을 들여야 했다. 한 끼라도 제대로 먹어야 한다는 생각을 하지 못했듯 안주의 품격도 따질 계제가 아니었다. 적은 돈으로 빨리 취하자며 발길은 자연스레 독주로 향했다. 연신 시끄러운 음악이 흘러나오는, 데킬라 한 병과 과일 접시를 오만 원에 팔던 펍은 서너 명을 거뜬히 넉다운 시켰다. 집으로 어떻게 돌아갔는지는 매번 미스터리로 남았다.

　　　40도짜리 술도 밋밋하다고 얕보며 두 번째 청춘을 맞은 줄 알았던 우리는 매일같이 저녁 시간을 끄집어 내 서로의 꼬투리에 묶였다. 퇴근 시각을 적당히 넘겨 회사 건물 뒤편에 모이면 어느새 달라진 일몰의 각도가 계절의 변화를 일러주었다. 낮처럼 환하던 저녁이 같은 시각에 깊은 밤으로 변하면 어느새 내가 걸친 옷은 보풀 인 코트가 되었고, 새로 산 정장 바지의 엉덩이 부분이 점점 반들반들해질 즈음 아찔한 꽃향기가 불어 와 봄날임을 전해주었다. 그런 순간에는 올 한해 더 나은 쪽으로 변화가 일어나지는 않을까, 새 계절다운 기대를 품기도 했다.

그러나 술집으로 향하는 종로의 골목 풍경은 계절의
변화와 무관했다. 빈 병으로 꽉 찬 술짝과 그림자 같은 담배
연기와 점멸하는 식당 간판과 거기서 바닥으로 쏟아지는 빛의
소음과 신발 밑창이 쩍쩍 달라붙는 좁고 가파른 계단과 몇 년
동안 눌러 붙은 맥주 냄새가 풍기는 테이블. 심각한 표정으로
대화를 나누거나 몸도 제대로 못 가누면서 고래고래 소리는
지르던, 하릴없는 분노로 세상을 겨누던 배회하는 얼굴들. 다들
언제 저렇게 취한 걸까? 왜 오늘 우리는 마비되기로 작정한 걸까?
나 역시 남들 따라 회사 욕을 하고 달성 불가능한 통장 잔고를
떠들어 대며 의지를 다졌으나 돌아보면 술잔만 분주했다.

그런 시기가 오래 이어졌다. 네 사람이 전부 회사를
그만두고 나서도 그랬다. 각자 가정이 생기고, 이런저런 일들로
서로에게 묶일 저녁 시간이 꽉 채운 쓰레기 봉지 꼬투리만큼이나
짧아져 매듭을 지을 수 없을 때까지.

그때라고 모든 멤버가 다 모일 수는 없었다. 어느 저녁
나를 포함해 둘만 시간이 났다. 저녁이나 먹을까? 그건 마치
그제도 술집에서 함께 시간을 죽인 사이가 아니라는 듯, 해묵은
약속을 이제야 지킨다는 듯 태연한 제안이었다. 우리는 배가
고팠지만 돈을 아끼고 싶었고, 최대한 빨리 취하고 싶었다.
국밥에 소주 한 잔이면 족하겠지. 그렇게 말하면서도 어느
자리에도 섞이지 못한 채 종로 바닥을 떠돌았다.

낮에는 생활 전선이자 관광 명소이며 동시에 학습의

전당이기도 한 종로는 해가 지면 여지없이 거대한 취기의
안개에 휩싸였다. 각성과 망각의 물줄기를 번갈아 끼얹는 옛
나라 도읍엔 새벽이 오도록 싸구려 빛과 음악이 법석을 떨었다.
우리는 이 도시 한복판에서 계속 변두리만 걷고 있는 기분이었다.
각자의 세계에 침잠해 허정허정 걷는 사람들 사이에선 오히려
자연스러운 일일 수도 있었다. 거리 조명이 그토록 환했던 것도
우리 모두가 소외되었다는 사실을 잊지 않도록 하기 위함이
아니었을까?

　　　이럴 때 자신 있게 들어갈 수 있는 단골이 있으면 좋겠다고
생각했다. 종로는 오랫동안 서울의 중심이었고 (어쩌면 지금도?)
그만큼 오랫동안 자리를 지킨 식당이나 술집이 많다. 도대체 이런
외진 식당 앞에 줄을 서는 이유가 무엇일까 궁금했던 적이 한두
번이 아니다. 그러나 이미 자리를 잡고 의자에 재킷을 걸어둔
사람들, 열기와 취기로 얼굴이 붉게 달아오른 사람들의 표정에는
제대로 된 밤을 보내고 있다는 확신이 너울거렸다.

　　　나는 그런 곳들이 이상하게 어려웠다. 남들에게 가 보라고
권할 자신도 없었다. 너스레를 떨며 가게 아줌마 아저씨의 호감을
사는 법도 몰랐다. 파전, 곱창, 등갈비, 도가니탕, 족발, 해물찜,
해장국 같은 간판에 배가 쪼르륵 쭈그러들어도 선뜻 유명한
노포를 찾는 걸 주저했다. 잘 차려진 음식을 먹을 여유나 취향이
없다고도 생각했다. 동행한 친구는 그런 성격이 아니었지만,
그때는 나의 성향을 은근히 떠받쳐주고 있었다.

자연스레 걸음은 어둡고 인적이 드문 쪽으로 이어졌다. 그러다가 한자가 쓰인 빨간색 간판만으로도 메뉴 절반은 읊을 수 있는 식당 앞에 멈춰 섰다. 식당은 2층에 있었고, 1층 입구 앞엔 양철 상자를 매단 오토바이 한 대가 세워져 있었다. 건물처럼 낡고 상처투성이 오토바이였다.

우리는 너댓 명은 들어갈 방으로 안내되었다. 기하학적인 무늬의 벽지가 누렇게 변했고 식탁은 아주 엷은 기름기로 코팅되어 있었다. 손님은 한 명도 없었다. 배달 주문 전화도 오지 않았다. '짜장+탕수육 세트'와 고량주 한 병, 만팔천 원. 대접 가득 짬뽕 국물이 담겨 나왔다. 직원 몇은 다른 방에 모여 화투를 쳤다. 전화벨은 아직 감감 무소식이고, 간간히 주방에서 수도 흐르는 소리만 들려왔다. 격정적인 종로 한 귀퉁이에 있다는 현실감이 옅어졌다.

세트 메뉴 1번과 고량주는 싸고 배부르고 빨리 취해야 한다는 조건에 딱 들어맞았다. 한 사람 당 만 원도 들지 않았고, 음식은 술 한 병을 다 비우고 나서도 남았다. 평범한 짜장면이었다. 탕수육이나 짬뽕 국물도 줄을 서면서까지 먹을 곳은 아니었다. (그렇다고 줄이 길게 늘어선 가게들과 크게 다르지도 않았다.) 그래도 이 효율적인 저녁 식사가 아주 마음에 들었다. 그럴 수밖에 없는 것이, 오십 도짜리 증류주가 효과 빠른 액상형 진통제처럼 우리를 뜨겁게 마취시켰기 때문이다. 미식가나 애주가가 될 엄두는 없었으나 중국집과 짜장면 세트의 애호가가 될 수는 있을 것 같았다.

이후 우리는 눈에 보이는 중국집들을 섭렵해 다니기 시작했다. 회사 앞에 있던, 기본 메뉴가 더 그럴싸하면서 그만큼 더 비싼 '청요릿집'에도 갔고, 촌스러운 방수용 식탁보가 깔리고 옷에서 기름 냄새가 빠지지 않는 지하 중국집에도 가 봤다. 그 봄이 지나는 동안 우리가 찾아간 중국집은 총 열일곱 군데였다. 파도 파도 마르지 않는 광맥이었다.

그곳들은 서로 엇비슷하면서도 나름 개성이 있었다. 고량주 가격은 대체로 오천 원이었고, 사천 원인 곳도, 팔천 원인 곳도 있었다. 세트 메뉴가 만삼천 원이었던 곳도 있었고, 이만이천 원이었던 곳도 있었다. 가격 차이가 별로 나지 않는데 탕수육 대신 깐풍기가 포함되어 있으면 그걸 주문하기도 했다. 음식 맛은 비슷비슷하긴 했지만, 어떤 곳은 탕수육이 으뜸이었고 어떤 곳은 짜장면이 발군이었다. 서비스로 나오는 국물이나 김치가 맛있어서 술 한 잔 더 마신 곳도 있다. 딱 한 군데, 모든 메뉴에서 독보적인 솜씨를 보여준 중국집에는 다른 동료들도 초대해서 세 번을 갔다. 우리는 그곳을 '중국집 투어의 정점'이라 불렀다. 하지만 그때 숱하게 다녔던 중국집들에 묻혀 지금은 어디였는지 기억이 나지 않는다. 카페가 되었거나, 대형 빌딩이 땅을 다질 때 사라졌을지도 모르겠다.

회사에서 회식을 하면, 삼 차 정도에 이르러 사람이 거의 다 빠졌을 때 항상 가장 나이가 많거나 직급이 높은 사람의 단골집으로 갔다. 회사 생활을 하는 동안 나는 거의 막내였고, 막내가 아닐 때도 삼 차에 이르면 어느새 막내가 되어버리는 어리둥절한 절망 속에서 종로 골목 어딘가 나의 단골이 생길지 모른다는 게 꽤 멋진 일이라 생각했다. 평소라면 시도하지 못했을 곳에 자연스레 녹아든다는 기쁨이 새벽까지 남아 있게 한 동력이었다. 그러나 가만 돌이켜 보면 내게도 단골이 있었다. 데킬라를 파는 곳 말고도, 간판은 다르지만 '짜장면 세트'라는 통일된 메뉴가 있는 곳.

그때도 모르진 않았으나 한 주에 여러 번 술자리를 갖는 건 돈만큼이나 시간의 사치를 부리는 일이다. 그 시간에 그림을 배웠으면 지금쯤 인사동 어느 갤러리에서 아마추어 전시회 정도는 참여했을지도 모른다. 왜 그렇게 날마다 술을 먹어야 했는지, 무엇이 그렇게 힘들고 무엇이 그렇게 마음에 들지 않았는지 모르겠다. 시시껄렁한 이유였겠지. 그조차도 아니면 그저 권태로웠던 거겠지.

골목골목에 숨은 중국집들, 나의 단골집들이 조금씩 신기루로 변해 갔다. 한밤의 방황, 혹은 모험을 자의 반 타의 반 마치며 몇 없던 종로의 단골집들을 하나둘 잃어 갔다. 그러면서 정말 남들에게도 선뜻 권할 수 있는 노포, 자꾸 발길이 가는 식당, 진짜 종로의 단골집들을 하나둘 새로 얻어 갔다. 그러나 어떤 향수와 경의로써 특정한 중국집을 단골로 만들지는 않았다. 고량주를 곁들여 짜장면과 탕수육 세트를 먹지 않으면 진짜가

아닌 것 같았다. 그건 정말 지나간 일, 흘러간 메뉴가 되어
버렸는데 말이다.

오늘 찾은 이곳엔 세트 메뉴가 없다. 기다리던 짬뽕은 듣던
대로 훌륭했다. 국물이 칼칼하게 입에 붙는 집은 많아도 면이
따로 놀지 않는 집은 드물다. 간이 참 잘 뱄다. 앞으로도 여기서는
면이냐 밥이냐 고민할 필요가 없어 보인다. 종종 다시 올 이유가
있는 곳이다. 어쩌면 그때와는 전혀 다른 메뉴를 권하며 나의
신기루 단골집들이 되돌아올지도 모르겠다.

진실한 한 끼

5

오늘을 축제처럼 만들고 싶을 때

햄버거

감자튀김, 탄산음료와 함께 먹는 햄버거만큼 오감의 멱살을 쥐고 흔드는 음식이 있을까? 여러 패스트푸드 브랜드들이 철마다 새로운 햄버거를 출시하지만 새 메뉴에 도전했던 입맛도 결국엔 빅맥, 와퍼, 불고기 버거 같은 기본으로 되돌아온다는 점에서 은근히 보수적인 음식이기도 하다. 고열량, 염분이라는 골치 아픈 단어를 잠깐만 외면하면 외견상 균형 있는 식단 같기도 하다. 영화 〈파운더〉를 보면 마이클 키튼의 얄미운 연기에 복장이 터지면서도 신기하게 맥도날드에 가고 싶어진다. 햄버거 맛을 기억하는 호르몬이 벌이는 일이다.

1993년 여름, 전국이 한 편의 영화에 열광하고 있었다. 나는
학교나 학원에서 듣는 화려하고 과장된 소감에 촉각을
곤두세우고 있었다. 공룡이 정말 살아 움직이는 것 같아. 진짜
같은 놈들이 나와서 사람을 잡아먹어. 감독이 그 유명한
스필버그래.

　　　그해 초, 여섯 살 때부터 어울려 지내던 가장 친한 동네
친구가 멀리 이사를 갔다. 모처럼 방학을 맞아 우리 집을 방문한
친구가 가장 먼저 꺼낸 이야기도 그 영화였다. 엄청 재밌고 엄청
무서워. 나는 단짝을 다시 만나 기뻤지만, 방학이라 시간이
남아돌았음에도 아직까지 그 영화를 못 봤다는 데 질투가 나기도
했다.

　　　〈쥬라기 공원〉의 한국 개봉일은 1993년 7월 17일이었다.
전국에서 백만 명 넘게 이 영화를 보았고, 나는 한 달이 넘도록
그 대열에 합류하지 못했다. 그러다가 이미 영화를 본 막내
이모가 〈쥬라기 공원〉을 보고 싶다는 조카들을 구원해 주기로
했다. 우리가 공룡을 만나러 간 곳은 강남고속터미널 5층에
있던 반포시네마였다. 이후로도 몇 년 간, 내 인생에서 손에 꼽는
영화는 전부 여기서 보았다. 극장 문을 연 순간부터 낡기 시작했을
것 같은, 그래도 사운드 하나는 심장이 다 아플 만큼 웅장한
곳이었다. 아이들의 스릴을 고조시키기 위해 이모는 상영관
밖에서 기다리기로 했다. 어른 없이 극장에서 영화를 보는 것도
처음이었다.

영화는 훌륭했다. 너무 훌륭해서 몇몇 장면에서는 눈을 질끈 감고 말았다. 하지만 이날 역사적인 블록버스터만큼이나 인상적이었던 건 영화를 보기 전에 먹었던 햄버거였다.

이전까진 영화관에 갈 기회도 별로 없었고 햄버거를 먹을 일도 거의 없었다. 그나마 자주 갔던 웬디스Wendy's에서는 햄버거보다 밀크쉐이크를 더 많이 먹었다. 동네 빵집에서 팔던, '사라다'와 글자 그대로 '햄'이 들어간 햄버거는 패스트푸드라기보다 그냥 생긴 게 재미있는 빵이었다. 이모의 지휘 아래 줄줄이 쟁반을 받아 자리에 앉았다. 선물 포장을 뜯는 기분으로 유산지를 펼치자 도톰한 햄버거가 짠 하고 나타났다. 쟁반 위에는 감자튀김이 수북이 쌓여 있었고, 탄산음료도 각자 하나씩 들었다. 안 그래도 고대하던 영화를 본다는 데 들떠 있던 꼬맹이들이 의자에 엉덩이를 찰싹 붙이고 앉아 있던 건 거의 기적이었다.

터미널이라 한식이나 분식을 파는 식당도 많았는데 왜 그때 우리는 햄버거를 먹었을까? 아마도 이모는 할리우드 오락 영화를 볼 때 식단도 그 나라에 맞추는 쪽이 재미를 더할 거라고 생각하셨던 것 같다. 실제로 영화와 햄버거는 아주 잘 어울리는 한 쌍이었다. 어른이란 세상 사는 재미가 뭔지 아는 사람이구나! 덕분에 나도 아동기와 청소년기 사이에 놓인 관문 하나를 슬쩍 넘어선 기분이었다.

점점 극장에 가는 날이 많아졌다. 여전히 동네 비디오

대여점에 만 원씩 예치금을 걸고 영화를 빌려 보는 게 내 문화생활의 중심이긴 했지만, 친구들과 함께하는 영화관 좌석에는 이제 보호자 없이 우리끼리 영화를 볼 수 있다는 묘한 성취감이 깔려 있었다. 우리는 일부러 멀리 영화를 보러 가기도 하고, 동네 동시 상영관에서 영화 두 편을 연달아 보며 용돈을 아끼기도 했다. 시사회 이벤트에 당첨되어 개봉도 안 한 영화를 공짜로 보기도 하고(이때 앞사람이 비슷한 시기에 개봉했던 〈식스센스〉의 결말을 떠벌리는 바람에 또 하나의 역사적인 영화를 보는 재미를 반감 당했다), 정동에 있던 한 극장에서 밤새 심야 영화 세 편을 연달아 감상하고 나서는 청소년기마저 졸업한다는 뿌듯함을 느꼈다.

그때마다 햄버거를 먹었다. 저렴하고 맛있고 간편하고 냄새도 나지 않아 오로지 영화에만 집중하게 해 주는 한 끼, 혹은 간식. 알고 보니 다들 막내 이모가 선보였던 영화용 식단을 관례처럼 따르고 있었다. 일찌감치 영화관에 가 티켓을 사고 뭘 먹을까 물으면 누구나 햄버거라고 답했다. 심지어 나도 뭘 좀 안다는 듯 "당연히 불고기 버거 세트지"라고 말하기도 했다.

사는 내내, 누구나 상식선에서 자연스럽게 알거나 할 수 있는 일이 나한텐 어려웠던 경우가 많았다. 조금 비싸 보이는 식당에 가서 자연스럽게 주문하는 일, 옷가게나 미용실에서 원하는 스타일을 적극적으로 설명하는 일, 서울에서 자동차로 어디를 갈 때 어느 간선 도로를 타다가 어떤 다리를 건너야 하는지 설명하는 일, 고기를 맛있게 굽거나 맥주 거품을 황금 비율로 따르거나 막걸리를 흔들어도 거품이 넘치지 않게 따르는 일, 말을 재미있게 하는 건 고사하고 좀 사람답게 말하는 일. 여하튼 모든 게 그런 식이었다. 그래서 자주 비웃음을 샀고, 마주 웃기엔 자존심이 너무 셌다. 그래서 남들 다 그냥 하는 일을 혼자 따로 연습했다. 그건 지금도 마찬가지다.

하지만 1993년 여름 상식만큼은 언제든 써 먹었을 수 있었다. 영화를 보기 전에 햄버거를 먹는다는 게 뭐 그리 어려운 일이겠는가?

그러나 바로 그런 이유에서 햄버거는 내 식단의 중심에 들지 못했다. 극장에 가기 전 먹는 특별식이랄까, 집에서 영화를 본다고 햄버거를 싸 오진 않았다. 게다가 오랫동안 내게 햄버거는 오직 맥도날드뿐이었다. 오죽했으면 버거킹에 처음 간 날을 기억한다. 우선 세트 가격이 맥도날드의 두 배에 가까워서 놀랐고, 줄 서서 받은 햄버거 크기도 맥도날드의 두 배는 되는 것 같아서 또 놀랐다. 그래도 그 여파가 내 오랜 취향을 뒤엎을 정도는 아니었다. 버거킹을 비롯한 여타 패스트푸드점은 햄버거는 먹고 싶은데 주변에 맥도날드가 없으면 가는 곳이었다. 하긴 햄버거를 이만큼 세계적인 음식으로 끌어올린 장본인들이니까 타지에서 고향 음식 찾는 것 같은 습관이 유난스럽지는 않은 것 같다.

햄버거는 미국인들이 만든 음식이다. 독일 함부르크와 햄버그스테이크가 어원이라고는 하지만 이건 미국인들이 좀 있어 보이려고 가져다 쓴 말이다. 자신이 최초로 햄버거를 만들었다고 우기는 사람도 여럿인데, 그중 가장 오래된 주장은 1885년 미국 위스콘신주에서 용돈을 벌어보려던 한 소년에게서 나왔다. 찰리는 축제에서 미트볼을 팔다가 사람들이 간편하게 끼니를 해결하고 축제를 즐길 수 있도록 미트볼을 납작하게 눌러 빵 두 장 사이에 끼워 팔았다. 그게 축제에서 가장 큰 인기 상품이 될 줄은 본인도 몰랐다. 자신이 햄버거의 창안자라 주장하는 다른 이들 역시 햄버거를 만든 의도는 찰리와 크게 다르지 않았다. 먹는 시간과 수고를 아껴 드립니다!

햄버거와 비슷하거나 그 기원이라 할 만한 음식은 많다. 빵 사이에 다른 재료를 넣어 먹는 방식은 로마 제국 시절에도 있었다. 하지만 햄버거가 다른 유사 식품과 달라지는 지점은 바로 만들어진 의도에 있다. 빠르고 간편하게, 어디서나 똑같은 맛으로. 세상이 요리하고 먹는 시간도 줄여야 할 만큼 급히 돌아간다는 이야기이다.

그 속도에 올라타려고 애쓰기 시작하면서 햄버거는 일상적인 음식의 자리로 내려왔다. 어렸을 때부터 나를 사로잡은 마법은 퇴색했다. 얼른 먹고 밀린 일이나 하려고, 피곤하고 입맛도 없어 자극적인 뭐라도 먹어 보려고 패스트푸드점을 찾았다. 이제 햄버거는 맛도 그냥 그렇고 몸에도 좋지 않은 설탕,

소금, 지방의 혼합물에 지나지 않았다. 케첩과 기름 냄새 뒤섞인 실내에 2인 테이블을 껴안고 혼자 앉아 있는 사람들에게선 간이식당에 혼자 앉아 밥을 먹는 사람들과는 또 다른 감정이 읽혔다. 아니, 감정도 없이 그저 사람 형태의 텅 빈 구멍을 마주보는 느낌이었다. 가끔 우리가 스스로를 정크 푸드가 어울리는 사람 정도로 취급하고 있는 것은 아닌가 두렵기도 했다. 어쩌면 구시대의 극장, 그토록 보고 싶었던 기념비적인 영화, 그리고 절친한 이들과 함께한다는 열의에 속았을 뿐이지 햄버거는 처음부터 이런 음식이었는지 모르겠다.

　　햄버거가 몸에 좋지 않다는 상식에 반기를 드는 움직임도 있다. 쓰고 남은 부위만 가져다 만든 냉동 패티가 아니라면, 그러니까 제대로 된 소고기를 그릴에 바로 구워 신선한 빵과 채소로 덮어 내놓는다면 햄버거도 훌륭한 식사가 된다는 것이다. "빵과 고기와 채소를 카지노 칩처럼 쌓아서 내놓으면? 정크 푸드지요. 그런데 똑같은 빵과 고기와 채소를 접시에 따로따로 내면 어떨까요? 고급 레스토랑 메뉴나 다름없죠?"

　　한국에선 흔히 '수제 버거'라 불리는 햄버거들이 이런 편에 서 있다. "저희 매장은 주문과 동시에 고기를 그릴에 굽기 때문에 시간이 오래 걸립니다." 내가 지금까지 먹었던 가장 인상적인 햄버거는 포틀랜드(역시 본고장답다)의 한 술집에서 먹은 '홈메이드 버거'다. 먹는 내내 혀끝으로 버거의 새로운 지평을 탐색해 가는 기분이었다.

이후로 정크 푸드를 섭취한다는 죄책감을 건드리지
않고 햄버거를 먹고 싶을 땐 '느린 햄버거'를 찾는다. 하지만
패스트푸드로서의 햄버거와 그릴에 바로 구운 햄버거를 같은
음식으로 보기는 어려울 것 같다. 햄버거와 샌드위치가 정확히
뭐가 다르지 싶으면서도 둘을 다른 범주로 생각할 수밖에 없는
것처럼 맥도날드 햄버거와 느린 햄버거 사이에는 분명한 차이가
있다. 그러니까 느린 햄버거는 영화를 기다리며 먹을 음식은
아니다. 엄연한 한 끼 식사이기 때문이다.

가만 되짚어 보면 패스트푸드 햄버거에 얽힌 해맑은
경험이 더 없지는 않다. 단체 소풍에서 도시락으로 나온 이름
모를 업체의 햄버거가 그렇게 반가웠다는 것, 학교나 회사에서
중요한 행사를 준비하며 막간에 해치우는 햄버거가 의외로
배부르고 힘이 됐다는 것, 멀리 여행을 떠나며 공항이나 차
안에서 먹는 햄버거가 그렇게 달고 맛있었다는 것. 종이 포장지에
싸여 있고 육즙이고 자시고 케첩이나 줄줄 흘러내리는 건조한
패스트푸드 햄버거야 말로 축제를 연상케 하는 음식이다. 찰리가
햄버거를 처음 만든 곳도 축제였던 것처럼.

햄버거가 진짜 좋았던 이유는 그거다. 앞으로 있을 즐거움
안에 한 끼 정도 단촐하게 곁들여도 된다는 가벼운 마음을
즐겼던 거다. 지금에서야 쨍한 정오 햇살을 등지고 맥도날드 좁은
테이블에 세트 메뉴를 펼쳐 놓았던 사람들의 감정을 읽을 수 있을
것 같다. 우리는 희망하고 있었다. 부드러운 번과 감칠맛 나는

고기, 새콤달콤한 소스가 이제 곧 우리에게 주어질 시간을 구원해 주기를. 오늘도 가볍게 때워 버린 당신의 한 끼가 실은 머지않아 찾아올 축제의 일부였던 거라고 누군가 말해 주기를.

진실한 한 끼

6

괜찮아, 고등어나 먹자
생선 구이

동대문 시장은 닭한마리 골목으로 유명한데, 나는 그 초입에 있는 생선집들을 좋아한다. 실은 바깥에 초벌한 생선이 쌓여 있고, 주문이 들어오면 상화식 생선 구이기 같은 데서 마저 익혀 가져다주는 생선 구이 가게들은 다 정이 간다. 삼치, 가자미, 꽁치, 갈치, 맛있는 생선이 많지만 그래도 가장 좋아하는 생선은 고등어다. 바닷가에 가면 온 김에 회나 좀 먹어 보자는 말만 했지, 거기서 먹는 생선 구이가 얼마나 맛있을지는 미처 생각해 보지 못했다. 이제 제주에 갈 때는 회 대신 구이다.

첫 책을 출간하고 제주도로 갔다. 책이 나왔으니 휴가를
다녀오자는 생각도, 그래도 첫 책인데 자축이나마 해 보자는
생각도 아니었다. 제주도 곳곳의 작은 서점들에 내 책을 전달하기
위해서였다.

"읽어보시고 책방과 결이 맞으면 입고해 주세요!"

책을 알리고 나를 드러내는 일을 조금 덜 민망하게 해 내려면
어떻게 해야 하나 고민하다가 찾은 방편이 제주 책방에
홍보하자는 것이었다. 느낌표를 서너 개는 붙여야 할 만큼
쑥스럽고 남세스러운 만남이 이어졌다. 넉살에 관성이 붙은 건
일정의 절반은 지나고 나서였다. 삼박사일 동안 차로 달린 거리가
514km. 제주 본섬 해안선을 두 바퀴 정도 돈 거리였다.

　　방문한 책방은 문을 닫아 들어가지 못한 곳까지 치면
모두 열일곱 군데. 무명의 저자가 쓴 불명의 책을 알리려는
발버둥이라 해도 지나치게 많이 간다는 생각은 들었다. 위치도
생김새도 서가도 저마다 다르니까 하고 많은 서점들을 다니는 게
아니라 세상에 단 하나뿐인 장소를 만나는 일이라고 생각하자,
그러면 한동안 제주를 책방으로 기억할 수 있겠지. 생각의 전환은
좋았지만, 문제는 그 홍보 일정에 아내와 아이가 함께했다는
것이다.

　　계획은 이러했다. 가족과 함께한 여행을 다룬 책이니까

서점 주인들이 우리 가족을 직접 보고 나면 책을 더 생생하게 읽을 수 있을 것이다. 부르지도 않았는데 굳이 찾아와 준 수고에 감응하여 한두 권이라도 입고해 줄지 모른다. 더군다나 우리 둘다 제주에 가지 않은 지 이십 년이 넘었다. 몇 년 사이 급변했다는 제주의 매력을 익히 들었던 바, 가 보고 싶었던 식당과 카페도 두루두루 다니면 좋을 것 같았다. 일과 여행, 일거양득.

514km나 달릴 거라고 예상했던 건 아니었지만, 어쨌든 514km를 다니면서 내렸다 탔다 들어갔다 나왔다 구경했다 계산했다 반복하는 것만으로 몹시 피곤한 일정이었다. 쉴 새 없이 이동하는 것보다 처음 보는 사람들에게 아쉬운 소리를 하는 게 더 힘들기도 했다. 그래도 제일 고단했던 건 아이였다. 나와 아내는 책과 책방을 구경하는 즐거움이라도 있었으니까. 다행히 어떤 책방지기들은 우리가 서가를 구경하는 동안 아이와 시간을 보내 주었다. 아이는 누군가 자기에게 관심을 보인다는 게 마냥 기뻤고, 주인과 아이 사이에 다정한 말과 기특한 말이 오가는 걸 들을 때마다 고마움과 미안함이 뒤섞여 찾아왔다.

처음부터 이 여정의 결과를 어느 정도 예상했는지도 모르겠다. 일도 아니고 여행도 아닌 이 이동에 어떤 의미가 있을까? 이런다고 내 책을 읽는 사람이 몇이나 늘어날까? 열일곱 사람? 우리를 감싸 안는 바람과 햇살, 우리가 낼 수 있는 속력보다 훨씬 바쁘게 모습을 바꾸는 하늘, 갑자기 눈높이까지 부풀어 오르는 바다와 예고 없이 펼쳐지던 숲, 그림자에 비스듬히 잘린 돌담길, 도로에 내놓은 손으로 쓴 광고판, 길을 잃고 버려진 건물들, 그럼에도 누군가 살아가는 초췌한 건물들, 섬의 환상을 지탱하다 대형 트럭에 실려 가는 썩어 뽑힌 야자수들. 그 모든 것에서 벌써 여름이 엿보이던 5월의 제주를 만났다. 그것 말고 다른 의미는 없었다. 제주에서 내 책이 서가에 놓여 사람들을 만날 수 있던 책방은 두 곳뿐이었다. 원래 알던 한 곳, 주인이 없어 책만 살포시 올려두고 온 한 곳. 아마 그때는 어떤 한 끼보다 몇 캔의 맥주가 필요했던 것 같다.

서귀포시 화순리에 있는, 중고 서적도 파는 어느 카페를 나서자 한낮이었다. 평원 아래 잠들어 있던 거인이 주먹으로 땅을 뚫고 나오려는 듯 불쑥 솟은 산방산, 그 커다란 바위 덩어리가 초현실적으로 가까워 보인다는 점 말고는 평범한 마을이었다. 그날 햇살엔 사람을 금방 허기지게 하는 기운이라도 있었던지 마을을 빠져나가려던 참에 아담한 식당 하나가 눈에 띄었다. 파란 간판에 지명에서 따온 이름 하나 덜렁 붙은, 서광식당. 마침 바로 옆에 농협 주차장이 있었고, 은행 일 보러 온 사람 말고도 주변 식당들이 다 같이 애용하는 분위기 같아 후다닥 차를 집어넣었다. 이젠 당장 뭐라도 먹지 않으면 안 될 기분이었다.

　　여정의 중간쯤, 서점과 서점 사이에서 맛과 분위기로 이름난 식당과 카페를 꼬박꼬박 찾아가던 동력이 사그라들고 있었다. 내 책이 어떤 쓸모도 만들어내지 못할 것 같다는 회의에

빠져서 될 대로 되라는 심정이었는지는 모르겠지만, 우리 둘 다
서광식당의 간판에서 지도 앱 평점이나 블로그 리뷰에서 얻을 수
없는 확신을 느끼고 있었다. 거리에서 눈과 발에만 의지해 밥집을
찾다 보면, 그게 역사든 내공이든 몇 사람 잘 먹이는 일 정도는
눈 감고도 해낼 수 있는 주인의 그림자가 엿보이는 식당이 있다.
간판, 창문으로 슬며시 보이는 가게 안의 밝기, 문 앞에 내놓은
잡동사니, 페인트나 손잡이에 남아 있는 세월의 흔적. 수맥 대신
맛있는 한 끼를 찾는 우리 안의 버드나무 가지가 흔들리는 신호들.

　　　　서광식당의 반쯤 열린 미닫이문을 넘어서자 제일 먼저
기역 자 주방이 보였고, 테이블 몇 개가 자그마한 공간을
알뜰하게 채우고 있었다. 바깥 화장실과 이어지는 긴 통로는
식자재와 생활 용품을 쌓아두는 창고도 겸했다. 주판 알 같은
플라스틱 발이 쳐진 통로 건너편에는 바깥이 제대로 보이지 않을
만큼 새하얀 빛이 쏟아지고 있었다. 한여름 한낮에 홀로 방안에
누워 있는 듯 세상 모든 소리가 잦아들었다.

　　　　우리는 갈치조림과 고등어구이를 주문했다. 아들도
나를 닮아서 그런지 안 자고 안 먹고 젖먹이 시절부터 고집이
대단했는데, 그럼에도 기특한 점 하나가 생선은 잘 먹는다는
것이었다. 명성 자자한 제주의 해산물이나 흑돼지를 앞에
가져다 놔도 아이는 입에 대지 않았다. 날것은 날것대로 못
먹이고, 고기는 조금이라도 질기다 싶으면 죄다 뱉어 버리고.
보말(고둥)이 들어간 칼국수나 고기국밥, 딱새우로 만든 감바스

알 아히요는 사정이 좀 나았지만 그마저도 아이의 입을 오래
열지는 못했다. 결국 메인 요리는 부모의 즐거움일 뿐이요,
아이가 찾는 건 맨밥에 미역국, 구운 김 정도였다. 아이를 제대로
먹이려면 생선 구이가 있는, 이런 곳으로 와야 했다.

　　밥때가 지난 시각이라 주방 기구들은 모두 멈춰 있었다.
화구에 다시 불이 들어오고, 그릇에 쌀밥과 밑반찬이 새로
담겼다. 기다림이 조금씩 늘어날수록 음식에 믿음이 생겼다.
어릴 적에도 집에서 생선 조림이나 구이를 먹는 날은 으레
평소보다 밥상 차려지는 속도가 느렸다. 양념에 잠겨 있던 얇고
푸른 비늘이 수면 위로 떠오르기를, 신문지로 덮은 프라이팬
속에서 흰 살이 충분히 부풀어 오르기를 기다리며 가스레인지
앞을 얼쩡거리고는 했다. 그때나 지금이나 그렇게 밥상 위에
오른 고소하고 콤콤한 감칠맛은 기다림을 보상하고 남았다. 밥
한 숟가락에 생선 한 점, 손안에 들어오는 장난감 포클레인과
조잘조잘 수다도 떨면서 아이는 한 끼 식사를 잘도 마쳤다.

　　이젠 집에서 생선을 통째로 구워 먹을 일이 많지 않다.
살만 발라져 나오는 냉동 가자미에 부침가루를 묻혀 튀기듯
구워 먹거나 전자레인지에 1분만 돌리면 거의 바로 구운 것처럼
환생하는 간편 조리 식품을 먹는다. 사방으로 튀는 기름 걱정,
집안에 염치없이 눌러앉는 냄새 걱정이 없다.

　　아니, 그보다는 내가 생선 잘 굽는 법을 모르기 때문이다.
화력 조절은 언제 어떻게 하는지, 어종마다 굽는 방식이 다르진

않은지, 껍질이 바삭하면서도 부드러워지는 조화는 어떻게
부리는지, 눈에 보이지도 않는데 속살이 설익지도 쇠 익지도 않은
딱 좋은 상태를 어떤 식으로 알아낼 수 있는지. 그래서 주저한다.
지금껏 해 왔던 다른 모든 요리처럼 생선도 되는 대로 구워
먹으면서 배우면 그만인데 왜 아직 어리광을 부리고 있는 걸까?

평일 점심에 생선 구이를 먹으면 오늘 괜찮은 한 끼를
먹었다고 으쓱해진다. 지금 사무실 건물 지하엔 김치찌개를
시키면 생선 한 마리를 구워주는 추어탕 집이 있는데, 미꾸라지
고는 실력만큼이나 생선 굽는 실력도 출중하다. 이런 식당들이
있어서일까? 생선 구이가 나오는 식당에서 '집밥'의 손맛을
느낀다. 잘 구워진 생선 한 마리를 넙죽 받아먹는 응석에서
벗어나려 하지 않는다. 생선만 있으면 밥 한 그릇을 비우는
아이를 두고도 생선 한 마리 제대로 굽지 못하다니, 나는 여전히
어른 흉내를 내고 있는 아이인가 보다.

내가 쓴 책에 확신이 없었으면서도 그걸 누군가의 눈앞에
들이밀면 마지못해서라도 받아 주리라는 순진한 낙관을 품고
있었다. 책을 입고하고 싶다는 연락은 오지 않았다. 서점을
운영하는 사람들부터 그냥 흘려버리는 책이라는 사실을 천천히
받아들이며, 우리 가족이 만났던 제주의 풍경, 바람, 숲, 강렬한
해초 냄새, 호기심에 차 돌아다녔던 돌담길 이곳저곳을 떠올렸다.
이런 결론이 나리라는 걸 예상하면서 들어갔던 식당과 식당
뒤편으로 쏟아지던 5월의 볕도.

서광식당이라는 간판이 눈가를 스치고 지나갈 때,
내게도 서광曙光이 비치기를 바라던 마음 없지 않았다. 하지만
그곳이 나를 붙든 진짜 이유는 저도 모르게 창문에서 읽었던
'고등어구이'라는 글자였던 것 같다. 그곳은 자구책이었던 걸까?
생선 구이 한 접시를 떠올리며 그날들을 담담하게 받아들인다.
아이에게 생선 한 마리 든든하게 먹여준 일은 애틋하게 기뻐한다.

여행 마지막 날에는 옥돔구이를 먹었다. 말린 생선 특유의
찰진 식감과 쿰쿰한 풍미가 맞지 않았는지 아이는 별로 손을
대지 않았다. 덕분에 나와 아내가 실컷 잘 먹었다. 내 카드로
결제하면서도 아이한테 얻어먹는 것 같아 고마웠다.

진실한 한 끼

7

물엿을 먹은 것 같은 날엔

제육볶음

제육볶음만 전문으로 하는 식당은 많지 않지만, 제육볶음도 파는 식당은 한둘이 아니다. 편의점 도시락에도 소불고기와 함께 가장 많이 들어가는 반찬일 것이다. 처음 가는 식당일수록 제육볶음을 시킬 확률이 높아지지만, 그 식당에 다시 가지 않는 이유가 되기도 한다. 비계가 적고 육질이 섬세한 돼지 앞다릿살을 쓰는 게 정석. 집에서 만들 때는 구워 먹고 남은 삼겹살을 양념해 먹는 약간의 호사도 누릴 수 있다.

제육볶음 099

세상은 저 하던 대로 돌아갈 뿐인데 나에겐 이상한 날이 있다. 회사 근처 아이 유치원까지 40분 걸린다고 장담하던 내비게이션이 도착 즈음엔 태연하게 20분을 늘려 놓는 날. 나를 향해 내려오던 엘리베이터가 더 멀리 있는 옆 친구에게 제 일을 떠넘기고는 되돌아 올라가 버리는 날. 막 출간한 책이 서점 매대 밑 서랍 안에 고스란히 숨겨져 있다 반품되는 날. 직진 차선에서 내 앞차가 좌회전 지시등을 켜고 아무렇지 않게 앞길을 막아서는 날.

운이 납작해지는 날이면 내 안에 흐르던 도랑 같은 평정심이 바짝 말라버린다. 어떻게 태연할 수가 있을까? 허우적허우적 현실에서 도피할 수단을 찾는다. 손가락으로 책장을 죽 훑지만, 빠르고 효과적인 방법은 넷플릭스를 켜는 것이다. 〈릭 앤 모티〉나 〈보잭 홀스맨〉, 〈파이널 스페이스〉, 〈그때 그 시절 패밀리〉 같은 욕설과 폭력, 아이러니가 넘쳐흐르는 미국산 애니메이션이 조금이나마 현실감을 떨어트려 준다. 〈릭 앤 모티〉에 넘쳐흐르는 니힐리즘을 지켜보고 있으면 우린 모두 (파리가 진화한 외계인을 포함해) 파리 목숨에 지나지 않는 것 같아지고, 덕분에 사소한 곤경쯤이야 오히려 감사한 일이라는 겸허함도 생겨난다.

하지만 넷플릭스가 비디오 대여점 사업조차 시작하기 훨씬 전부터 인간의 종잇장 같은 기분에 즉효인 안정제가 있었다. 음식이다. 내 성격 유형에 따르면 나는 먹는 것으로 스트레스를 푸는 타입은 아니다. 정확히 말하면 '아니었다.' 술은 왜 마시겠나? 자꾸 탄수화물에 손이 가는 게 무엇 때문이겠나? 머리로는 "맛있게 먹으면 0kcal"라는 식당 네온사인이 그냥 해 보는 소리라는 걸 알지만, 몸은 눈치도 없이 그 말을 믿고 싶어 한다. 반짝반짝 빛나는 문구를 흘끗거리는 다른 이들도 그렇게 말해 주는 사람이 하나라도 있다는 데 내심 안도하고 있지는 않은지.

　　누구나 자기 기분에 잘 듣는 저만의 음식 리스트를 가지고 있다. 악 소리 날 정도로 매운 떡볶이, 닭으로 온갖 맛을 다 내는 치킨, 차라리 슴슴한 평양냉면, 입안에서 살살 녹는 버터와 설탕 가득 디저트. 내 리스트에서는 맵고 짜고 거기다가 달기까지 한 고기가 상단을 차지하고 있다. 그러니까 제육볶음 같은 것.

　　모 구직 사이트에서 매년 실시하는 직장인 점심 선호도 조사에 따르면, 2009년부터 2014년까진 김치찌개의 연승, 이후로는 백반이 1위를 차지했다. 제육볶음은 대체로 중간 순위에 드는 편인데, 딱히 뭘 먹을지 결심이 안 선 상태에서 차림표를 보면 왠지 눈에 밟히는, 막역하지도 서먹하지도 않은 지인 같은 존재라 그렇지 않나 싶다. 최소한 지난 두세 해 동안 내가 가장 많이 먹은 점심인 것은 확실하다.

　　제육볶음이 습관이 되기 전에는 부대찌개를 주로 먹었다. 내게는 맵고 짜고 달다는 맥락 안에서 제육볶음이나 부대찌개나 크게 다르지 않다. 미각 혹은 통각을 점령하는 매운맛, 짠맛, 단맛의 퍼레이드가 기분의 멱살을 잡고 끌어올린다. 엔도르핀,

도파민, 세로토닌. 항우울제를 처방받지 않아도 유익한
신경전달물질이 축포처럼 터져 나오고, 삶의 번거로움, 고단함,
무력감은 금세 사라진다. 점심이나 저녁 어느 때라도 하루를 다시
시작할 기력이 생기는 것만 같다.

치킨이 말 그대로 활개를 치는 세상이지만 여전히 한국인이
가장 많이 먹는 고기는 돼지고기*이다. 돼지고기를 양념까지
해서 볶는다면 더더욱 마다할 이유가 없다는 경험도 어려서부터
차곡차곡 쌓여 왔다.

　　어머니는 내가 매콤한 걸 먹을 수 있게 된 이후로 한 달에
한두 번씩은 꼭 제육볶음을 만드셨다. 집에서 먹는 제육볶음은
양이 많을수록 좋았다. 양념은 졸아들고 간은 더 잘 배어 맛이
깊어졌다. 사흘에 걸쳐 제육볶음을 먹어도 질리지 않았던 건 매일
맛있어졌기 때문이다. 어머니는 매번 반찬을 새로 하는 수고를
더셨고, 나는 맛의 오묘한 이치에 눈을 떴다.

　　혼자 밥을 먹을 때는 제육볶음을 데우며 볶음 요리의
기초를 배우기도 했다. 프라이팬을 그냥 센 불에 놔두는

---

* 돼지고기 소비량이 소고기와 닭고기 소비량을 합친 양과 맞먹는다.
「육류 소비행태 변화와 대응과제」, 정민국·김현중·이형우, 한국농촌경제연구원, 2020, 28쪽.

것만으로는 안 돼, 중간 불에서 아래부터 위로 끊임없이 섞어
줘야 양념이 타거나 눌어붙지 않아, 엄마가 대충 하는 것 같지만
세상에 가만 놔둬도 알아서 되는 요리 같은 건 없어. 알고 보면 일,
인간관계, 하물며 취미 생활도 마찬가지였다. 중간이라도 가려면
끊임없이 뒤섞고 살펴야 했다.

그러나 제육볶음으로 일어선 마음, 제육볶음과 함께
무너지리니. 제육볶음이 기분이 나쁠 때마다 먹는 종합
비타민제같이 되어 버리자 식당이 요리를 잘하는지 못하는지는
중요하지 않게 되었다. 뭔가 내 마음대로 돌아가지 않는다는
불만이 들면 식당과 메뉴를 고민하는 수고조차 귀찮았다.
기분 엉망인데 아무 데나 가서 제육볶음이나 먹지 뭐. 콜라를
편의점에서 사든 대형마트에서 사든 차이가 없듯, 제육볶음도
누가 만들든 기본은 한다고 믿기로 했다. 이왕이면 목이 따가울
만큼 차가운 콜라가 좋지, 그 정도의 분별력으로 그 모든
양념육을 집어 먹었다. 가끔 너무 달아도, 누린내가 나는 듯해도,
영혼 없이 배합하고 재운 양념을 도무지 참을 수 없다는 생각이
들 때마저도 불쾌해하지 않았다. 맵고 짜고 달기만 하면 된다고,
고기 반 지방 반인 걸 보면 앞다릿살은 거의 안 들어간 거 같은데
이것도 내 취향이잖아, 뭐 그런 식으로 접시를 비우면서 기분이
나아지기만을 기다렸다.

사무실 건물 지하상가에 오미락이라는 작은 식당이 있다. 영주가 고향이시라는 큰이모님 연배 정도 되는 사장님이 한 평 남짓한 주방 안에서 여섯 가지 안팎의 메뉴를 만드신다. 하지만 사람들은 주로 두 가지 메뉴를 번갈아 먹는다. 제육볶음에 순두부, 제육볶음에 청국장. 고기는 돼지 앞다릿살 위주고 간이 좀 세다. 많이 달지는 않고, 불맛 약간, 양파, 대파, 당근은 그 와중에도 아삭아삭 존재감을 발한다. 이 평범할 수도 있는 제육복음이 더 훌륭하게 느껴지는 건 '큰이모님'의 기본 반찬 솜씨가 서울 오피스가 식당 수준을 넘어서고도 남기 때문일 거다. 가지볶음, 멸치볶음, 애호박볶음, 파김치, 배추김치, 내가 갈 때마다 꺼내 주시는 고추장아찌에 달걀 프라이도 하나, 후식 요구르트까지. 나는 오늘도 과식하겠구나 즐거운 걱정이 앞서는데 큰이모님은 매번 반찬 맛이 괜찮은지, 너무 짜거나 싱겁지는 않은지 물어보신다. 세상에 그냥 알아서 되는 요리는 없다고, 어떤 일이든 부단히 노력하지 않으면 안 된다고, 누구보다 잘 아신다는 듯.

　　식당 메뉴가 너무 다양하다 싶으면 제육볶음이었고, 선택지가 별로 없다 싶어도 제육볶음이었다. 편의점 도시락을 고를 때도 제육볶음이 들어가 있으면 그만이다 싶었다. 하지만 큰이모님이 손님들의 입맛을 살필 때마다 내가 아무 데서나 습관적으로 제육볶음을 주문함으로써 숱한 식사를 무심히 밟고 지나가지는 않았나 돌이키게 된다.

각자의 음식으로 스트레스를 푸는 다른 사람들에게도 기준이 있을 것이다. 시즈닝을 쏟아부은 치킨, 달기만한 프랑스식 디저트로는 만족하지 않을 것이며, 오히려 좋아하니까 되도록 최상의 맛을 찾아 먹으려 할 것이다. 기분에 잘 듣는 음식 리스트를 낙서나 휘갈기는 종이쪼가리 취급하는 태도가 정말 기분을 낮게 하지는 않는다는 걸 잘 알고 있을 것이다. 밀려드는 직장인을 상대해야 하는 식당이 전부 음식을 절륜하게 잘할 수는 없겠지만, 오미락에서 밥을 먹으며 진짜 손맛을 반찬으로 곁들였던 것처럼.

그렇게 자주 먹으면서도 제육볶음을 직접 만들어 본 적은 없다. 기호가 있으면 직접 해 먹어 보려는 편이고, 제육볶음을 파는 식당만큼이나 제육볶음 레시피도 널리고 널렸는데. 식당에서 메뉴를 고를 때와 달리 집에서 뭘 요리해 먹을지는 내 기분과는 무관하게 정해지는 이유도 있다. 가족 중 누군가가 먹고 싶은 게 생기거나 처리해야 할 식재료가 있을 때. 일단 만들어 먹기로 했다면 한 사람이라도 만족할 밥을 짓고, 맛있고 몸에 좋고(혹은 그렇게 나쁘진 않고) 오늘 한 끼를 잠시나마 의미 있게 기억할 요리를 차려야 했다. 그래서 제육볶음을 계속 유예했는지 모르겠다. 달고, 짜고, 맵고, 자극적인 양념에 푹 재운 돼지고기는 내 기분에만 처방하는 호르몬 패치 같아서.

얼마 전, 여느 때처럼 오미락에서 밥을 먹다 큰이모님 제육볶음의 정수를 알게 되었다.

"제육볶음은 물엿이 중요해. 물엿이 다 하는 거야."

내가 느꼈던 단맛, 기분 좋은 불맛의 근원, 그 정수가 요리를
관장하는 부위 어딘가를 스치고 지나갔다. 우리 집 주방엔 물엿은
없고 올리고당이 있다. '요리용 시럽'이 필요하긴 한데 올리고당이
몸에 더 좋다고 해서 구색을 갖춰 놓은 것이다. 그런데 큰이모님
말씀을 듣고 나니 귀가 팔랑거리면서 어쩐지 올리고당은 열을
가하면 단맛도 줄고 물엿보다 재료도 더 뻣뻣하게 굳는 것 같다는
의심이 들었다. 미처 물엿을 얼마나 넣으시는지까지는 물어보지
못했다.

　　　제육볶음을 먹기 전 느꼈던 사소한 실망과 분노, 슬픔은
화를 내며 맞설 수도 없는 좀 더 근본적인 상황을 향한 것이었을 수
있다. 일로 성과를 내고 돈을 버는 일에서도, 주변 사람들의 마음을
살피고 행간의 이야기에 귀를 기울이는 일에서도, 내 뜻과는
무관하게 움직이는 세상의 힘살을 견디는 일에서도 종종 곤경에
처한 기분이 들 때가 있다. 현실이 무거워서가 아니라 내 내구력이
약해서다. 출퇴근길 당연한 교통체증도, 효율을 따져야 하는
엘리베이터 시스템도, 깜빡하고 좌회전 차선을 놓친 앞차도 사실
아무런 잘못이 없다. 그걸 알기 때문에 양념에 재운 돼지고기만
먹어댔다. 아무 데나 성질내는 사람만큼은 되지 않으려고, 좀 나은
사람이 되어 보려고. 하지만 정말 그런 사람이 되는 길은 누군가의
입맛을 헤아리고 살피는 식당, 그 같은 정성에서부터 시작한다. 그

누군가에는 물론 나 자신도 끼워줘야 한다.

그래, 물엿을 사야 할 때가 온 것 같다. 내 기분 대신 입맛에 딱 맞춘 제육볶음을 만들어 먹을 때가 이제는 된 것 같다.

8

서툰 청춘이 돌돌 말린 음식
캘리포니아 롤

햄버거의 원조를 자처하는 이가 서넛이 넘는 것처럼 캘리포니아 롤도 원조라고 주장하는 곳이 하나가 아니다. 미국 LA에 있던 일식당과 캐나다 밴쿠버에 아직도 남아 있는 일식당 두 곳. 시기는 1960년대와 1970년대였다. 캐나다라니 뭔가 좀 이상한데 당시 밴쿠버에 LA에서 출장 온 사람들이 많았다고 한다. 그들에게 롤이 인기를 끌면서 '캘리포니아 롤'이라 불렸다는 것이다. 어쨌든 이 두 원조 모두 창안자는 일본인이고, 현지인의 입맛에 맞춰 '롤'을 만들었다는 공통점이 있다.

그날이 바람 부는 날이었는지는 기억나지 않지만, 어쨌든 내가
압구정동에 가게 될 줄은 몰랐다. 제 발로, 동행도 없이, 하늘이
유난히 흐렸지만 비 소식은 없던 압구정 로데오 거리를 걷고
있었다. 외제 세단도, 하다못해 국산 준중형차도 아닌 지하철
3호선을 타고 압구정역 계단을 힘차게 올라 시내버스로
갈아탔다. 뭘 어떻게 입었는지는 모르겠다. 허투루 입고 가면
안 될 것 같다는 생각은 했다. 이제 막 캘리포니아 롤이란 걸
먹으려던 참이었으므로.

야간 근무를 서려고 올라간 상황실에서 내무반 선임이 잡지
두 권을 내밀었다. 심심하면 이거나 읽어. 이번 달과 지난 달
「GQ」였다. 이걸? 재밌나? 지금보다 담이 더 작았던 나는 십여
분 눈치를 살피다 첫 페이지를 넘겼다. 근무 중에 잡지를 본다는
긴장 때문인지 남성종합지는 처음 읽기 때문인지 한 장 한 장
조심스러웠지만, 그럼에도 시각적 폭탄이 터지는 걸 막을 수
없었다. 늘씬하고 해사한 남자 모델들, 야간에 광각으로 포착한
고층 빌딩과 식당과 로드숍 들, 시니컬이라는 드레싱에 푹
담갔다 뺀 듯한 문장들. 예술성 넘치는 영화, 고전 문학, 100%
울로 짠 스웨터나 카디건(아버지에게 물려받으면 가치가 더
올라간다는)은 찬양의 대상이었고, 그런 취향을 지닌 자기
자신에게 한껏 고무되어 있음을 알 수 있었다.
    그 모든 게 싫지 않았다. 그랬다면 제대하고도 1년

넘게 이 잡지를 '사서' '모으지' 않았을 테니. 나는 경제력 있고 해박하며 여자에겐 부드럽고 라이벌에겐 잔혹한 '메트로폴리탄' 멋쟁이들의 우주에 빠져들었다.

문제는 이 남자들에 상응하는 모습을 갖추자면 옷, 액세서리, 전자제품, 자동차, 그 모든 '진정한' 가치가 요구하는 상당한 액수를 감당해야 한다는 것이었다. 당시 모델로 활동하던 강동원이 입고 포즈를 취했던 피코트는 부모님께 "이번 겨울에……"라고 운도 뗄 수 없는 가격이었다. '가격 미정'인 상품은 이런 걸 가질 수 있는데 지금 돈이 문제야? 하고 되묻는 듯해서 그 나름대로 압도적이었다. 잡지에서 소개하는 식당이나 상점, 갤러리도 하나같이 압구정동, 청담동, 신사동, 「GQ」의 출연진이 활보하는 무대 위에 몰려 있었다.

나에게 잡지를 권한 선임도 그 무대 출신이었다. 그와 그의 친구들에게서는 보장된 미래를 과시하려 하지 않아도 숨길 수 없는 여유와 친절, 활기가 흘러나왔다. 자연스레 대화의 배경으로 등장하는 옷 가게나 클럽, 레스토랑이나 술집에 관해 듣고 있으면 이 사람에게는 「GQ」가 동네 소식지였구나, 지금껏 쌓인 '가격 미정'의 안목 같은 게 느껴졌다. 나도 세계를 가로질러 보려면 어디서부터 시작해야 할까? "당신이 먹는 것이 곧 당신을 말해준다"라는 브리야사바랭의 말처럼 음식으로 남의 자리에 잠시 앉아볼 수 있을 것 같았다. 외제차나 가방보다야 덜 부담스럽기도 하니까.

그리하여 나는 그가 좋아한다는 캘리포니아 롤
전문점으로 걷고 있었다. 그런데 '롤'이 뭐지? 줄곧 그런 생각을
하면서.

흔히 캘리포니아 롤이라고도 불리는 '롤' 혹은 '롤 스시'는 김을
재료 안쪽에 말아 넣은 밥말이이다. 일본에선 이런 초밥을
우라마키裏巻き라 부른다. 우리 분식 업계로 따지면 일종의 누드
김밥인데, 실제로 누드 김밥도 롤의 영향을 받았다. 롤은 일식
같아 보이지만 미국 음식으로 분류되는 경우가 많다. 대표 메뉴의
이름에도 들어가 있듯 미국 캘리포니아주가 이 음식이 탄생하는
결정적인 배경이었다.

롤은 날생선보다는 훈제 연어, 데친 새우, 구운 장어 등
열을 가한 해산물을 주 재료로 쓴다. 마요네즈, 핫소스, 데리야키
등 소스를 아낌없이 사용함으로써 식재료 본연의 맛을 살리는
'스시'와 '사시미'의 정신에서는 한참 멀어졌고, 그만큼 김과
날생선 맛에 익숙하지 않았던 1960~70년대 미국인의 입맛에는
가까워졌다. 캘리포니아 롤은, 캘리포니아의 상징적인 과일 중
하나인 아보카도를 잔뜩 넣는다는 재치까지 발휘하며 미서부를
중심으로 큰 인기를 끌었다. 잇따라 알래스카 롤, 드래곤 롤,
레인보우 롤 등 재료나 모양에서 그 이름이 고안된 다양한 롤이
등장했다.

미국에서 경력을 쌓은 주방장, 출장이 잦은 비즈니스맨,

유학생 들을 통해 캘리포니아 롤이 한국에도 소개되기 시작한다.
아보카도가 수입되기도 전부터 고급 호텔 일식당에는 캘리포니아
롤, 혹은 그와 비슷한 걸 만들어 달라는 손님이 생겨났다. 곧 호텔
주방장들의 손길을 지켜보던 일반 식당에서도 롤을 취급하기
시작했고, 1990년대 중반 동양과 서양의 식재료를 혼합한 '퓨전
음식' 붐이 일면서 본격적으로 대중에 알려졌다. 롤을 시그니처
메뉴로 삼기도 했던 '퓨전 레스토랑'이 줄지어 생겨난 곳은
압구정, 청담 일대였다.

　　　1950년대만 해도 압구정 한강변에서는 참게가 잡혔다.
배, 복숭아, 뽕나무 밭이 무성했으며, 시멘트 재료로 쓸 골재
하치장까지 있었다. 하지만 1976년 압구정 현대아파트가
세워지고 강북의 명문 경기고와 휘문고가 76년, 78년에 한강
이남으로 이전하며 강남의 새 시대가 열렸다. 부동산과 학군이
갖춰지며 사람이 모이고, 자연스럽게 소비 시장이 형성되었다.
현대백화점, 지금은 갤러리아 백화점이 된 한양쇼핑센터와
파르코 백화점, 그 주변으로 들어선 디자이너 의상실, 모델
에이전시, 화랑, 고급 의류 브랜드와 식당. 서울의 부와 유행,
소비의 중심지가 재편되는 시기였다.

　　　압구정동 2세대들은 1980년대 후반 해외여행과
유학 조건이 완화되면서 대거 외국으로 공부를 하러 떠난다.
유학파들은 저마다 학업 성취도는 달랐을지 몰라도 충실하게
미국 문화를 가져왔다는 공통점이 있었다. 특히 미서부에 맴돌던

뜨뜻한 향락의 바람, 건축, 패션, 음악, 음식이 직수입됐다. 당시
가장 앞선 유행은 신촌을 비롯한 대학가에서 시작되고는 했으나
압구정에 터를 잡은 이들에겐 대학 문화, 청년 문화와 차별화된
고급화 전략, 그것을 구사할 자본력이 있었다.

유하 시인이 압구정과 소비주의 세태를 꼬집는
연작시「바람 부는 날에는 압구정동에 가야한다」를 쓰고 몇
년 지나지 않아 언론에서도 압구정의 젊은 세대를 조명하며
시어만큼이나 멋진 이름을 붙여 준다. '오렌지족', '야타족'.
중장년층도 쉽게 탈 수 없는 고급 승용차를 몰고 다니며 내일이
없는 것처럼 놀고 방만한 관계를 즐기는 청춘들.

오렌지족이 어떻고 야타족은 또 어떻고, 뉴스 앵커가
조금 격양된 어투로 설명하는 부의 격차는 사람들에게 가십이
주는 쾌감, 호기심, 부러움, 경멸이 '퓨전'된 감정을 불러일으켰다.
세대를 막론하고 그 이야기를 하면서 혀를 찼고, 예능
프로그램에서는 코미디언들이 개그 소재로 활용했다. 나 역시
거기서 자유롭지는 못했다. 궁금하니까 더더욱 알아서는 안 될
것 같은 거리감은 이상하게도 수치심을 불러일으켰다. 집에서
직선거리로 불과 8km 떨어져 있던 압구정은 나에게 바다 건너
제주도보다 먼 곳이었다.

그런데 10여 년 만에 이곳으로, 캘리포니아 롤이라는 걸
먹어 보겠다고 찾아온 것이다.

캘리포니아 롤 전문점은 로데오 거리 안쪽, 당시 나이키 매장 건물 2층에 있었다. 간판을 바로 알아보았으나 계단에 한 발 올리기가 망설여졌다. 그 사이 젊은 남녀가 나를 지나쳐 계단 너머로 사라졌다. 발길이 더 떨어지지 않았다. 행색이 변변찮은, 머리도 짧은, 그것도 남자 혼자서 남들 데이트하는 레스토랑에 앉아 밥을 먹는다? 건물 벽을 따라 걸었다. 특별한 사연이나 이유는 없지만, 이십 년 넘게 나이키 운동화는커녕 손목 밴드조차 가져본 적 없었다. 쇼윈도 안에는 '승리의 여신'을 가슴팍에 새긴 마네킹들이 이제 막 결승선을 넘으려는 선수처럼 승리의 자세를 취하고 있었다.

발길을 돌려 로데오 거리 안쪽으로 들어갔다. 도대체 내가 여기에 왜 왔을까? 거리는 상상하던 것보단 덜 화려했다. 건물들은 대체로 낮은 편이었고, 상가들은 한껏 멋을 부리긴 했지만 새로운 세계의 청사진까지는 제시해 주지 못했다. 하지만 어디에도 들어가지 못하는 건 매한가지였다. 나를 위축시키는 건 매장 앞에 주차된 외제차들, 스포티한 차림에 문신이 드러난 몸으로 제 할 일을 하는 사람들, 그리고 오래전부터 들어 오던 이 지역을 둘러싼 소문 같은 것들이었다.

아무 옷 가게에 들어가 옷걸이를 좀 뒤적거리다가 비싸서가 아니라 마음에 썩 차지 않는다는 양 나온다고 해서, 롤이든 회든 혼자 한 접시만 주문해 먹는다고 해서 얼마나 불쾌한 일이 벌어질 수 있을까? 어디선가 갑자기 검은 제복을 입은 사람이 튀어나와 "당신은 이 경계선 너머로 들어갈 자격이 없습니다"라고 말하기라도 할까? 그렇지만 나를 휘어잡은 '주눅 듦'과 '마뜩찮음'을 멋지게 걷어찰 수가 없었고, 서글프게도 그 와중에 배가 고팠다.

　　골목 구경만 하다 대로변으로 되돌아 나오는데 우연히 '프레시니스 버거'라는 간판이 보였다. 그곳도 나에게 「GQ」를 처음 보여줬던 사람이 추천한 곳이었다. 매장은 한산했고, 햄버거라면 압구정에서든 LA에서든 혼자서도 먹을 수 있을 것 같았다.

　　감자튀김이 없었던 건지 이곳이 '건강한 식단'을 추구하는 곳이라 사이드 메뉴가 그것밖에 없었던 건지, 샐러드와 함께 햄버거를 먹었다. 드레싱은커녕 올리브유도 안 주고 소금만 주면서 거기에 채소를 찍어(뿌려?) 먹으라는, 지금까지도 다시 접해본 적 없는 괴이한 샐러드였다. 조막만 한 햄버거와 샐러드 컵을 앞에 두고 캘리포니아 롤을 생각했다.

　　눈앞에 두고 돌아설 결승선에 그렇게 목매달았던 이유는 이 과정에 익숙해지지 못하면 영영 「GQ」 속 세계에 닿지 못할 거라는 불안 때문이었다. 왜 그게 불안할 일이었는지는 모르겠다. 그때가 지금과 다른 삶을 적극적으로 꿈꾸던 이십 대여서 그랬던 게 아닌가 싶다. 나는 소금기 묻은 풀을 씹으며 나와 이 세계의 연결 고리 같은 건 처음부터 없었다는 사실을 순순히 인정했다.

한때는 전문점까지 생겼던 롤은 어느덧 위세가 많이 약해진
것 같다. 좀 저렴하다 싶은 뷔페에도 롤은 꼭 나오고, 그마저도
배가 금방 불러진다는 이유로 집는 사람이 별로 없다. 현상의
유효기간이 갈수록 짧아지고, 단발적인 이슈에 이름을 붙여 반짝
불태우는 게 놀이이자 유행인 시대가 되었다. '오렌지족'이라느니
'퓨전 음식'이라느니 하는 말도 고작 몇 년 지속되다 사라져 지난
시대의 조어, 유행어로 남았다. 변하지 않은 건 여전히 압구정에
서 있는 아파트 단지의 위상과 거기 살지 않은 사람들이 느끼는
거리감뿐이다.

　　뷔페에 가도 롤에는 손이 가지 않는다. 헛배가 불러 더
맛있는 걸 못 먹기 때문은 아니다. 밥을 너무 많이 쥔 초밥도 그냥
잘 먹는다. 첫 번째 방문에 실패하고 얼마 뒤 학교 선후배들과
결국 그 롤 전문점에서 밥을 먹었다. 보기에도 새롭고 맛도
있었지만, 계속 찾아 먹을 음식은 아니었다. 소금 샐러드를
먹으며 만족해하는 그곳의 방식에 질렸는지도 모르겠고, 내가
먹는 것이 나를 말해준다는 말에 조금 덜 동의하게 되어서인지도
모르겠다.

　　내가 롤을 음식 자체로 여기게 된 건 한참 후 몬트리올을
여행할 때였다. 초밥과 롤을 적당한 가격에 파는 프랜차이즈였다.
출근 길 부담 없이 사는 김밥 한 줄처럼 이곳의 롤은 격식과
절차, '퓨전'이라는 세기말적인 수식어와 무관했다. 김치와 아주
흡사한 맛이 나는 절임을 넣은 기름기 쫙 빠진 롤도 있었으니

수사적으로도 문자 그대로도 나는 그곳의 담백함이 마음에 들었다. 그리고 캘리포니아 롤을 핑계 삼아 '욕망의 통조림 공장'과 실랑이를 벌이던 시절과도 작별할 수 있었다. 이제야 롤이란 걸 제대로 먹게 되었다.

그 옛날 압구정을 활보하던 오렌지족, 야타족들은 대개 20대였다. 내가 「GQ」를 사 모으며 딴 세상의 패션이나 미식, 라이프스타일에 몸 달았던 시기도 20대였다. 남들에게 비치는 내 모습으로 나를 빛낼 수 있다고 여기고, 남들 개의치 않고 나를 탕진하는 일로 나를 빛낼 수 있다고 여기던 젊고 서툰 영혼들. 우리는 이제 그 시절을 벗어났을까? 다른 방식으로 같은 열병을 반복해 앓고 있지는 않을까?

어렸을 때부터 글을 쓰는 사람이 되고 싶다고 생각했지만, 그게 어떻게 살아야 하는 삶인지는 알지 못했다. 남자는, 대도시에 사는 문화인은 이러저러해야 한다는 「GQ」의 조언을 아무 생각 없이 삶의 지침으로 삼으려 했을 만큼 엉성했다. 옷과 외모에 신경 쓰고, 남들과 다르게 보여야 한다는 개성에 집착했으며, 관용은 빠진 채 이기심과 자존심만 키웠다. 그 반짝이는 지침을 지탱하는 건 사물들이고, 그것을 소유할 재력이 내게 없다는 명백한 사실을 알았으면서도. 아마 내 인생에서 유일하게 '자아실현' 비슷한 걸 하려 했던 그 시기가 지금도 부끄럽긴 하지만, 원하는 만큼 쓸 돈이 없었다는 건 부끄럽지 않다. 그저 캘리포니아 롤을 볼 때마다 그때의 내가 돌돌 말려

있다는 상상을 한다. 찬란하려고 했으나 헛헛해졌을 뿐인 내가
동글동글 굴러가는 그림을 그린다. 참 우스꽝스러운 장면이지만,
나에게도 그런 우스운 시절이 있었다는 추억이 이제는 그렇게
나쁘지 않다.

9

코로나 시대의 끼니

배달 음식

세상에 어떤 음식이 있는지 알고 싶으면 배달 앱을 연다. 우리 동네에 어떤 식당과 카페가 있는지 궁금해도 배달 앱을 연다. 적적한 밤, 어딘가 화로에 불을 지피고 나를 위해 요리를 하는 타인이 존재한다는 사실로 위안을 얻고 싶을 때 배달 앱을 연다. 뒤죽박죽인 지난날을 돌이키고 싶을 때, 그때 무엇을 먹었나 배달 앱을 연다.

꼭 두 번째 바벨탑이 무너진 것 같았다. 사람들은 집으로 뿔뿔이 흩어졌고, 서로 거리를 두려는 인내심이 중요한 미덕이 되었다. 무너진 바벨탑은 가상의 공간으로 자리를 옮겼다. 더 높고, 더 견고하게. 창밖으로 보이는, 뉴스에서 말하는 현실은 살풍경한 반면 작은 화면 너머는 더 선명하고 더 화려했으며 더 친근했다. "몸은 멀어져도 마음은 가까이 있습니다." 자신의 존재를 증명하려는 말과 글, 사진과 동영상, 모든 게 멈췄다고는 해도 엄청난 양의 디지털 신호는 움직임 없는 움직임을 계속했다. 가끔은 다들 누군가와 관계를 맺는 방식이 이렇게 덜 번거로워지기를 기다려 온 게 아닌가 싶기도 했다.

코로나19라는 바이러스처럼 '뉴노멀'이란 신조어가 순식간에 퍼져 나갔다. 세상이 바뀌긴 바뀌었구나. 그런데 정작 뭐가 바뀐 거지 하고 찬찬히 돌이키면 기억의 공백이 생길 틈도 없이 변한 것들이 재빠르게 지난 것들을 메우고 원래 그러하던 것들이 됐다. 평생 이렇게 자주 손을 씻어본 적이 없다. 외출할 때 휴대 전화나 지갑은 깜빡해도 마스크는 깜빡하지 않는다. 현관 밖에서 숨만 쉬어도 뭔가 이상하다는 걸 깨달으니까. 공연장에서 입장 확인을 받는 것처럼 손목을 내밀어 체온을 재거나 셀카 연습이라도 하는 것처럼 열화상 카메라의 동그라미 안에 얼굴을 맞추려 애쓰는 것도 원래 그러하던 일 같다. 화상으로 회의를 열고 모임을 하고 술자리까지 벌이는 건 또 왜 이렇게 자연스러운지. 결혼식이나 장례식에 가면 방명록을 남기면서도

참 새삼스럽다고 여겼는데, 이젠 QR 코드 체크인을 하지 않는
게 오히려 어색하다. 한국의 코로나 원년이라고 할 수 있는
2020년 8월 15일. 극우단체들의 광화문 집회로 소란스럽던
시기였다. 며칠 지나지 않아 계속 사무실에 놓여 있던 회사 휴대
전화로 전화가 걸려 왔다. 집회에 참여하셨습니까? 아뇨. 증상이
있거나 바이러스 검사를 받아보셨나요? 아뇨, 이건 제 폰이
아닌데요……. 그때부터 휴대 전화 GPS로 내 동선이 기록되고
있음을 알면서도 직접 나서서 남기지 않으면 어쩐지 불안해진
것이었다.

　　개인 방역과 거리 두기를 제외하면 내 일상은 크게
달라진 것 같진 않다. 원래 저녁 약속도 거의 안 잡았고, 독서
모임이라든가 와인 모임이라든가 동호회와도 무관했다. 일 년에
한두 번 가던 가족 여행도 아직까진 그렇게 아쉽지 않다. 오히려
나아진 점이 있다면 회사에서 새 책이 나올 때마다 파주에서
강남까지 서점 MD들을 만나러 다니던 수고를 그만 들여도
된다는 것이다. 신간을 이메일로 소개하는 게 MD와 미주 앉아
책에 관한 확고한 영업 전략을 심어주려고 애쓰는 일보단 낫다.
어딘가엔 발로 뛰고 얼굴을 맞대야 영업이라고 확신할 출판사
세일즈와 편집자가 있으리라 상상하며 죄책감 같은 감정을
느끼기도 하지만.

　　한곳에 붙어 앉아서 해야 할 일이 쌓여 있기 때문에 외출을
삼가고 사람과 거리를 둬야 하는 지금 상황이 일하기에는 더

좋다. 그런데도 무언가 허전함이 드는 건, 오래된 영수증 글씨처럼 하루하루가 희미해졌기 때문이다. 작년 내내 내 나이를 재작년 나이로 착각하고 살았다. 정말 털끝만큼도 의심하지 않았던 탓에 해가 바뀌면서 두 살을 한 번에 먹은 기분이다. 하지만 이 정도로는 변화라는 말이 크게 와 닿지 않는다. 배가 고프면 식당 대신 배달 애플리케이션을 먼저 떠올리는 것. 세상이 변하긴 했다는 실감은 그때 온다. 정신을 차려 보니 깔아두고 몇 번 써 보지도 않았던 배달 음식 앱에서 가장 높은 회원 등급에 올라 있었다. 나랑 그들이랑 천생연분이었다나?

가서 먹으면 되지 굳이 음식을 배달시킬 필요가 있나 싶었다. 그런데 나가지 않고 식당 밥을 먹는 게 당연한 시절이 오고 말았다. 직접 요리를 하면 성취감이라도 있지, 배달 음식이라고 그렇게 간편하지만은 않다. 먹고 나면 괜히 속이 더부룩하고 음식쓰레기는 더 많이 나온다. 재활용을 위해 양념이 잔뜩 묻은 플라스틱 용기를 씻어 공장 출고 상태로 만드는 것도 보통 일이 아니다. 그렇게 내놓아도 꽤 많은 플라스틱이 태생부터 재생될 수 없다는 기사를 읽고 나서는 내가 매일 환경이라는 나무에 도끼질을 하는 사람처럼 느껴졌다.

코로나19와 동행을 시작한 이후 거의 한두 달 주기로 식사 패턴이 바뀌었다. 배달 음식을 먹다가, 마트에서 배송을 시켜 뭐라도 만들어 먹다가, 식재료가 남아 반은 버리는 게 아까워 요리할 분량만큼의 재료만 보내주는 밀 키트로 대체했다가,

그나마 일회용 용기가 적게 나오는 도시락을 시켜 먹다가, 다시 마트 배송으로, 다시 배달 앱으로.

간판도 본 적 없는 식당 리스트를 훑으며 아내와 아이에게 뭘 먹을지 묻고, 그러다 보면 자연스레 단골 식당도 생겼다. 내가 올린 리뷰에 "소중한 단골 고객님"이라는 댓글로 알아봐 주는 곳도 있었다. 가 본 적 없고, 어디 있는지도 모르는 밥집에서 단골 소리 듣는 게 생경했다. 닭이 먼저냐 달걀이 먼저냐 논쟁할 것도 없이 태초의 닭 한 마리가 구름 사이로 걸어 나오는 느낌이었다.

배달 음식의 역사는 생각보다 오래됐다. 18세기에 이미 황윤석이라는 실학자가 과거를 본 기념으로 냉면을 배달해 먹었다고 일기에 썼고, 1925년에 출간된 풍속 시집 『해동죽지海東竹枝』에는 '효종갱'이라는 해장국을 새벽마다 경기도 광주에서 서울 양반들에게 배달했다는 구절이 나온다. 일제강점기에 서울에선 설렁탕이 큰 인기를 끌었는데, 서민들로 붐비는 식당이라 그들과 섞이길 꺼렸던 양반이나 모던 보이, 모던 걸 들이 배달을 선호했다고 한다.

그러고 보면 냉면, 해장국, 설렁탕 모두 국물이나 육수가 있는 요리다. 불과 몇 년 전까지만 해도 국물 요리는 배달에 부적합한 게 아닌가 하는 편견에 사로잡혀 있었다(그럼 짬뽕은?). 치킨, 피자, 족발처럼 수분이 적거나 양념의 점도가 높아야 험난한 배달 과정에서 원형이 남아 있지 않겠느냐는 것이었다. 그런데 1920년대 말에 랩도 안 씌운 냉면 그릇 열 개를 올린

나무판을 어깨에 걸치고 다른 손으로는 자전거 손잡이를 쥔
곡예사 같은 배달원들이 종로를 누볐다고 하니, 우리는 진정
'배달의 민족'이었던 것이다.

　　'이것만은 배달이 안 되겠지'라고 속단할 일이 아니었다.
회, 초밥, 스테이크, 전골, 거기에 커피와 빙수까지 우리가
배달로 먹지 못할 음식은 없다고 그들은 말한다. 촘촘하고
신속한 배달망, '반$^\#$조리'라는 치트키, 자유자재로 중력과 관성,
열전도를 이겨내는 일회용 포장 용품의 권능. 거기에 줄 서서
먹는 맛집조차 코로나19로 줄어든 손님을 확보하기 위해 배달
대행의 손을 빌리니, 앉은 자리에서 세상 모든 음식을 받아먹을
수 있었다. 그만큼 엥겔지수는 높아지고 등 뒤로는 분해도 안
되는 쓰레기가 산더미처럼 쌓이고 있지만, 사람이 사람과 섞이지
않으면서 외식 욕구를 해결하는 것도 '뉴노멀' 미덕이 되어버렸다.

　　다음 레벨로 올라갈 수나 있을까 싶던 배달 앱 등급이
어느새 최고점에 도달했을 때, 배달 음식에 재차 회의가 생기기
시작했다. 중국 음식, 피자, 치킨처럼 대대로 배달의 대명사였던
메뉴는 어떤 음식이든 날아온다는 극적인 진화를 싱겁게 하는 것
같았다. 그렇다고 구워져 오는 우삼겹이나 돼지갈비, 스테이크,
떡볶이, 샌드위치, 닭볶음탕이나 국밥, 파스타, 초밥을 시키면
그건 또 다들 거기서 거기 같았다. 맛이 없어서는 아니었다.
언젠간 직접 가서 먹어 보고 싶은 곳도 많았다. 아무리 식고 불고
눅눅해져도 가려지지 않는 음식 솜씨라는 게 있으니까. 문제는

광고가 주장하듯 내가 지금 줄 설 필요 없이 맛집의 요리를
즐기는 게 아니라 타인과 분리된 공간에서 칼로리를 섭취하기
위해 배급을 받는 듯하다는 오묘한 기분이었다.

　식당에서 밥을 먹는 걸 특별히 즐기는 편은 아니었다.
오히려 한 끼 때운다는 명목으로 줄기차게 먹은 삼각 김밥과
컵라면에 비하면 배달 음식은 정찬이었다. 하지만 배달 음식은
진짜 식사 같지 않았다. 만족감에 비해 돈이 너무 많이 들어서?
누군가 온전히 차린 한 끼가 인스턴트 음식처럼 앞뒤 맥락 없이
눈앞에 나타나는 게 비현실적이어서? 아이가 배달 음식은 잘
안 먹어서? 하긴 그건 좀 문제다. 배달을 시켜도 결국 밥은 해야
하니까. 하지만 그 무엇도 이 마뜩치 않은 기분을 똑 부러지게
설명해 주진 못했다.

　변덕의 이유를 찾는 것보다 현상에 적응하는 속도가
빨랐다는 게 다행이었달까. 내 입맛은 학교 급식에든 군대
배식에든 종국엔 길들여지기 마련이었는데 배달 음식만 깎아내릴
이유는 없었다. 회원 최고 등급을 달고 닥친 권태기가 지나자
등급은 한두 단계 떨어질지언정 배달 음식을 식탁 위에 올리는
태도를 나 스스로 개조하는 지경에 이르렀다.

　우선 리뷰를 정성 들여 쓰기 시작했다. 그게 식사
자체보다 중요했다. 많은 음식점이 리뷰 이벤트를 진행하며 가게
평점을 비정상적으로 올리지만, 꽃빵이라도 하나 더 끼워주는
서비스에는 혹하는 게 인지상정이다. 다행인지 불행인지

사람들은 음식 맛이 없으면 없다고, 배달이 잘못 왔으면 잘못
왔다고, 마침 오늘 일진이 나빴으면 그냥 모든 게 마음에 안
든다고 또박또박 리뷰를 달았다. (별은 다섯 개 주면서 "다시는
시키지 않을 거 같아요"라고 쓰는 사람들. "맛있었지만 국물이
조금 식었네요"라며 별 한 개만 던지는 사람들!) 식당 평점이
높아도 성의 없이 남긴 리뷰가 많은 곳을 거르면 처참한 수준의
밥을 먹을 일은 없었다. 꼭 내가 '만사에 평가가 후하다'라는
평가를 받는 인간이라서 그런 건 아니고, 이 정도면 별 네 개인데
서비스로 먹은 주먹밥이 맛있어서 별 한 개 더 주는 게 그렇게
양심에 걸리는 일은 아니었다. 정말 괜찮은 식당이면 문장을
고르고 가다듬고, 사진도 정성 들여 찍었다. 우리처럼 집안에
들어앉아 문 두드리는 소리만 기다리는 사람들에게 선한
영향력까지는 아니더라도 맛있는 영향력은 주고 싶었다.

배달 기사를 바라보는 시각도 조금은 달라졌다. 우리
집에 음식을 가져다주는 기사들 말고 내가 도로 위에서 만나는
기사들. 운전할 때 가장 짜증나는 상대가 신호 위반, 역주행,
칼치기 면허라도 받은 듯 구는 오토바이, 주로 배달 기사들이었다.
평상적인 도로 흐름에서 전혀 예상하지 못한 변칙 운행으로
등골을 오싹하게 만드는 이들을 만날 때마다 한숨과 욕이 절로
나왔다(지나치게 정제한 표현이다). 그러나 도로 위를 무법
질주하는 이들이 곧 현관 앞에 음식을 가져다 놓고 "맛있게
드세요!"라고 메시지를 남기는 주인공들이라면, 애초에 배달을

시킨 내 잘못일까? 설마 그들 모두 모험과 위법에 중독된 속도광은 아니겠지. 배달 기사들이 그렇게 위험스런 속도에 매달릴 수밖에 없게끔 배달 대행사들에서 압력이라도 넣는 걸까? 우리는 배달을 시킬 수밖에 없고, 그 많은 주문을 처리하려면, 그리고 하나의 '콜'이라도 더 받으려면 그들도 무모한 질주에 하루를 걸 수밖에 없다. 중간에 앉아 소비자에겐 비용 부담을, 식당엔 높은 수수료를, 배달 기사들에겐 불안정한 고용 형태를 전가하는 배달 대행사라는 유령은 어쩐지 책임에서도 자유로운 형국이지만, 그만큼 나도 편하게 늘어져 음식을 기다린다. 그러니 도로 위에서, 철문 너머에서 기적으로만 느끼는 살아 있는 타인에게 좀 더 너그러워지고 고마워하는 편이 낫다.

아, 차를 타고 동네를 다닐 때 몇 번 시켜 먹었던 식당이나 카페를 우연히 지나치면 그게 그렇게 반갑다는 배달 음식의 묘미가 있다. 언택트 시대에는 별것이 다 재밌어진다.

배달 음식보다는 직접 요리를 해 먹는 게 여러모로 나을 거다. 시간이 흐를수록 그 당연한 생각이 흔들리고 있지만. 알뜰하고 건강하려는 생활의 의지는 있어도 매일 요리하는 의지까지는 다지지 못하고 있기도 하다.

누굴 만나고 어딜 가는 것도 아닌, 그저 가장 사적인 활동을 할 의욕마저 잃어가는 것. 나한테서 떨어져 나간 건 식사와 밀접한 어떤 부분이었다. 코로나19 이전에는 훨씬 불성실하게 끼니를 해결하곤 했지만, 그건 거의 내 의지였다.
오히려 대충 먹는 음식이 의미 있는 한 끼가 되는 과정을 즐기기도
했다. 하지만 지금은 꼬박꼬박 정찬을 주문해 먹거나 하다못해
번듯한 도시락을 가져다 먹어도 허전하다. 그게 싫어 간단히
뭐라도 차려 먹고 나면, 아무것도 하지 못할 만큼 지친다. 사람이
먹어야만 한다는 게 슬픈 일이라는 생각도 이상했지만, 먹는 게
지긋지긋해지는 건 더 이상한 일이다.

자, 그럼 이제 어쩐다. 나 대신 음식을 만들고 나 대신
그걸 가져다줄 사람을 찾는 수고가 앱과 네트워크로 간편하게
이뤄지고 있다는 건 다행이다. '엔데믹'이라는 또 다른 신조어와
함께 코로나19 이후의 일상을 맞이하고 있다지만, 배달
음식이라는 습관이 생기기에 충분히 긴 시간을 우리는 지나왔다.
그러니 현실을 인정해야 한다. 배달 대행사에선 매장 손님보다
배달 손님을 더 신경 써야 하는 식당들을 위한 요리책을 내고,
메뉴마다 적합한 포장법을 팁으로 얹어 준다. SNS에서는 그렇게
배달된 음식을 집에서 새로이 차려 먹는 사람들이 보인다. 먹어야
하는 것 더 맛있게, 맛있는 것 더 멋있게. 촛불, 와인, 수제 맥주,
카누로 끓인 카페 라테, 팬시한 접시와 커틀러리, 턴테이블,
영사기로 튼 옛날 영화, 동네 꽃집에서 사 온 아담한 꽃 한 다발.
그 모든 시도가 내게는 안개 너머 울리는 무종霧鍾처럼 희망적인
장면이었다. 우리 모두가 아직 매일 해 오던 일을 앞으로도
계속하려 한다는 생의 의지까지 잃어버리진 않았던 것이다.

10

이 계절을 즐기는 방법

제철 음식

제철 음식의 꽃은 뭐니 뭐니 해도 수산물이 아닐까? 살이 오르고 기름 지는 철이 언제인지, 어패류를 소개하는 제철 달력 하나쯤 있으면 좋겠다. 어시장이나 항구에 자주 나가면 배울 게 많겠지만 어쩐지 몸이 안 따라 주고, 정약전의 『자산어보』를 펼치면 당시 물고기 이름이 지금과 너무 달라 당황하고 만다. 그래서 『귀여워서 또 보게 되는 물고기도감』(임현, 브레인스토어, 2021) 같은, 제목과 달리 의외로 생선을 먹고 싶게 만드는 그림 도감이 제철 따라 사는 데 도움이 된다.

바람이 불 때마다 녹슨 경첩이 삐걱거린다. 해가 조금 비껴섰는지
등 뒤로 그림자가 넓어졌다. 햇볕이 머물다 떠나 바삭바삭한
창틀을 짚고 창밖으로 무게 중심을 맡긴다. 매미가 운다. 왕왕
울리는 그 소리는 열기를 품고 집 주변을 빙빙 돈다. 열린
창문으로 싸르르 쏟아져 들어오기도 한다. 올 때도 일제히 갈
때도 일제히. 저 태양 아래 매미 소리는 어디로 숨을까?

이쪽으로 와,
삶은 이곳에 있어.

아름드리나무 한 그루. 초봄 투명하던 연둣빛 이파리는
황록색으로 익었고 무성하게 자라 낱낱을 구분할 수 없이
덩어리져 있다. 우리 사이에는 열다섯 발자국 정도의 거리가 있다.
나에게 몸이, 햇볕을 따가워하고 땀도 흘리는 육체가 있다는
사실을 분명하게 새겨줄 열다섯 발자국만큼의 여름이 놓여 있다.
나는 나무 그늘까지 나가 보려 하지만, 영영 이 방 안에 머무는
것도 나쁘지 않다고 단념한다. 나는 여름과 조금 더 서먹할
예정이다.

어렸을 때 우리 가족끼리는 단 한 번도 여름휴가를 떠난 적이
없었다. 몇 년 간 방학마다 제주도에 가서 한 달 정도 머물다
왔지만, 그건 엄밀히 말해 가족 상봉이었지 휴가는 아니었다.

물놀이, 피서, 그런 말을 들으면 외가 친척 전부 계곡으로 떠났던 몇 번의 여름이 떠오른다. 그게 나의 유일한 여름휴가였다. 바다도 아니고 계곡, 물론 계곡도 좋긴 했지만, 유리 조각을 밟아 피가 철철 났던 어느 오후까지만 그랬다.

어른이 되고 나서도 여름휴가를 떠나지 않았다. 첫 직장은 여행사였는데, 여행사 직원들은 남들 휴가 보내느라 휴가 갈 새가 없었다. 성수기 요금을 계산하다 보면, 더운데, 사람 많은 곳에 굳이, 웃돈까지 써 가며 왜, 절로 마음을 삼키게 되었다. 누가 여름인데 어디 안 가냐 물으면 어물쩍 "좀 시원할 때 가려고요." 대답을 얼버무렸다. 그 흔한 7, 8월의 경포대나 해운대도 밟아보지 않았다. '해수욕장에 10만, 100만 인파 몰려' 같은 기사 제목이 어찌나 비현실적으로 느껴지던지. 아니, 여름이라는 계절 자체가 나에겐 내내 비현실적이었다.

영상이나 이미지 속에 그려진 여름은 유난히 아름다워 보인다. 아이가 〈이웃집 토토로〉에 푹 빠졌을 때, 무섭다면서(?) 왜 자꾸 틀어 달라고 하는지, 막상 틀어주고 나면 스크린에 펼쳐지는 여름 풍경을 내가 더 넋 놓고 바라보았다. 아이가 〈센과 치히로의 행방불명〉에 빠졌을 때는 두 량짜리 기차가 바다 위를 달리는 시퀀스를 영화 사상 가장 아름다운 여름으로 꼽기도 했다. 〈콜 미 바이 유어 네임〉에 흐르는 북부 이탈리아의 여름은 또 어떻고? 마침 내가 태어난 해를 배경으로 하는 이 작품을 보고 있으면 지금껏 저렇게 완벽한 계절을 도대체 몇 십 번이나

허투루 흘려보낸 건가 후회가 들었다. 적당히 햇볕 아래 버틸 줄도
알고, 등이 흠뻑 젖을 정도로 자전거도 타고, 바지 안에 수영복을
입고 다니면서 강이나 개천을 지날 때마다 일단 뛰어들고 봤으면
좋았을 텐데. 하다못해 한강 실외 수영장에라도 가 볼 걸.

여름은 호감은 있지만 다가가긴 어려운 친구 같다.
머뭇거릴 때마다 우리의 관계도 제자리걸음이고, 우리가 함께할
수도 있었을 시간에 빚을 진다. 내가 꺼리는 쪽은 햇볕이다. 원래
까무잡잡해서 여름이 지날 즈음 오랜만에 만난 사람은 어디 좋은
데 다녀오셨나 봐요, 인사를 건넨다. 열심히 사무실에 틀어박히고
선크림을 바르고 그늘을 따라 걸어서 유지한 최선의 피부
톤이었는데. 특히 나는 살갗에 느껴지는 작열감이 견디기 어렵다.
발가벗겨지다 못해 속내가 모조리 들통나는 느낌, 감시당하고
조롱받는 느낌이다.

지상의 모든 생명이 무럭무럭 자라날 때 자잘한 그늘을
찾아 디디며 이나마 베풀어진 자비에 감사했다. 그러고 보면
여름과 비극을 연결 짓는 영역은 소설뿐인 듯했다. 위대한 사랑꾼
개츠비가 그의 꿈을 되찾길 소망하며 매일 밤 파티를 열던 여름,
『순수 박물관』에서 케말이 곧 잃게 될 퓌순을 만나던 이스탄불
골목길의 여름, 「무진기행」에서 희중이 골방으로 도피하려고
돌아온 안개가 명물인 그곳, 무진의 여름. 아, 이런 비극조차
아름다움의 단편인 것일까? 결국, 여름이란 계절을 다시,
또다시 생각한다. '흘러간 날들'이라는 속삭임을 들을 때마다

반사적으로 봄, 가을이 아닌 여름의 열기가 떠오르는 식으로.
도대체 우리는 언제 화해할 수 있을까?

조정자가 있기는 했다. 의무, 이를테면 출장. 때로는
여행. 빨래를 널고 커피 한 잔 마시고 나면 그 옷을 입을 수 있는
지중해의 태양 속을 걸었던 것은 나의 의지가 아니라 출장 스케줄
때문이었다. 여행을 떠났는데 마침 그곳이 열대 기후가 지배하는
지역이기도 했다. 그러면 군말 없이 태양 아래 설 수밖에 없었다.

일단 물에 한 번 빠지고 나면 온몸이 젖는 게 아무렇지
않듯 햇볕과 열기도 땀을 흠뻑 쏟고 살갗이 익을 대로 익고 나면
그다지 신경 쓰이지 않았다. 세상사 마음먹기 나름이라는 성현의
지혜를 통달하기까지 한 건 아니고, 그저 기분은 조금 나아졌다.
오랜 빚을 갚는 딱 그 느낌. 하지만 '어쩔 수 없는' 시간이 지나고
나면 되돌아 그늘을 찾아가기 바빴다. 이번엔 며칠이나마 여름을
즐겼다고 자축하면서.

누군가 이 여름은 내년에 다시 오는 계절이 아니라 일생에
단 한 번뿐인 여름이라고 했다. 주어 자리에 '여름'이 들어간
이상 나는 이 문장에 소홀할 수가 없다. 단 며칠이라도 즐겨서
다행이라는 말은 핑계도 위로도 되지 않는다. 더군다나 여름의
영화, 여름의 이미지들은 이 계절에 빛나는 경험을 하지 않으면
삶에서 가장 열정적인 조각을 잃는 셈이라고 엄중히 말해주는 것
같다. 아니고서야 그런 미장센의 의도를 달리 해석할 방도가 없다.
지평선 위로 한 계절에 한 번 볼까 말까 한 어마어마한 적란운이

피어오른다거나 하늘의 이쪽은 아직 불그스름한데 저쪽은
꼭대기부터 땅거미가 져서 별이 반짝이고 있는 시간의 혼선을
꾸며낸다거나 할 때. 이런 장면을 보며 어떻게 창밖의 계절을
외면할 수 있을까?

나무 열매를 따러 다닐 시간도 늘어나고 밖에서 자도 얼어
죽을 일 없으니, 여름은 오래 전부터 인류가 생존하고 번성하기에
최적인 계절이었을 것이다. 지금도 마찬가지다. 사람들은 덥다는
이유로 더위 한가운데를 지나 휴가지로 가고, 벌겋게 익은 살갗도
아랑곳하지 않고 해수욕을 하고, 캠핑장에 텐트를 치고 모기향을
맡으며 새벽녘까지 별을 헤아린다. 여름이 저문다는 말은 또 한
시절의 추억을 쌓았다는 말이다.

내가 가진 추억에는 빈틈이 많다. 그 구멍을 메울 방법을
궁리한다. 여름을 먹어 보는 건 어떨까?

힌트를 얻은 건 어느 겨울이었다. 여름과 서먹하니까
자연스레 겨울과 친하다는 시소 같은 결론은 아니지만, 어쨌든
더위보다는 추위를 잘 견딘다. 그렇다고 영하 12도의 겨울밤에
아내의 본가 마당에서 불을 피우고 별을 보자는 제안을 먼저 할
정도는 아니었다. 커다란 화로 안에 한 해 동안 말린 장작을 넣어
불만 붙이고 들어가려던 참이었다. 석쇠가 놓였다. 아이스박스
안에는 장인어르신이 서해에서 직접 공수해 오신 굴이 잔뜩
들어 있었다. 타닥타닥, 펑, 펑. 날이 흐려 별은 보이지 않았지만
잉걸불에 굴 열리는 소리가 겨울밤을 채웠다. 나는 어느새

털모자를 뒤집어쓰고 자리를 잡고 있었다.

　　굴을 그렇게 좋아하는 편은 아니었다. 학교 앞 술집에서 굴 껍데기 안에 다진 양파와 초고추장을 넣어 만 원에 팔던 석화 한 접시, 시애틀의 굴 전문 레스토랑에서 산지별로 먹었던 달콤 시원한 생굴의 기억만 유쾌하게 간직하고 있었을 뿐이다. 영하 12도의 겨울밤에 그 모든 기억을 갱신할 맛을 만났다. 나이프로 대충 틈을 벌려도 떡 벌어지는 석화의 세계에 조금씩 얼어가는 레몬을 짜 넣고 적당히 익은 알맹이와 장작 냄새와 짭짤한 바닷물을 함께 마시는 기쁨. "입만 벌어지면 먹어도 돼, 그게 더 맛있다." "안 돼, 굴은 완전히 익혀서 먹는 게 좋아." 화로 위를 오가는 아버님과 아내의 대화를 들으며 두 사람의 말이 똑같이 맞다고 생각했다. 얼마나 익혔든 그게 굴이 제철이라는 겨울의 맛이었다. 그게 옷을 네다섯 겹씩 껴입어도 엉덩이가 들썩이는 추위에 고스란히 안기는 방법이었다.

　　제철 음식을 잘 챙겨 먹고 살지도 않았다. 마트에 가서 제일 많이 보이는 게 제철 음식인가보다 할 뿐, 결혼을 하기 전까지는 봄 딸기, 여름 수박, 가을 전어, 겨울 귤, 정말 기본적인 계절-음식 페어링만 머릿속에 저장되어 있었다. 오징어 제철이 여름부터 시작이라는 것도(그래서 봄철에 갑자기 오징어 회가 먹고 싶어지면 돈이 상당히 많이 깨진다는 것도), 왠지 모르게 겨울에 먹어야 할 것 같은 옥수수 역시 제철이 여름이라는 것도, 반 년 내내 먹고 싶어하던 자두가 여름이 되어야 복숭아와 세트로

진열된다는 것도 매년 새로 배우고 어김없이 잊었다.

　　제철 음식을 잘 알고 챙겨 먹는 사람은 인생 어느 시기엔 어떻게 살아야 하는지도 잘 알고 있을 것 같은 느낌이다. 친구들과 열심히 놀다가도 가능한 만큼 공부를 해 두고, 대학도 잘 들어가고, 대학생이 돼서는 연애도 해외여행도 어학연수도 참 대학생답게 야무지구나 싶다가도 졸업 때 돼서는 어느덧 취업 준비가 다 되어 있는 사람. 사회인이 되고 나서는 취미 생활이며 동호회며 동창회며 즐길 거 다 즐기는 것 같은데 육아에 재테크까지 빠삭한 사람. 빠져들어도 될 것과 가릴 것을 잘 알기에 늘 그 시절에 충실한 사람들이 주변에 꼭 있었다. 저 사람들은 초봄 일찌감치 알이 꽉 찬 주꾸미를 먹거나 도다리 회를 찾아다니고, 여름엔 민어회로 더위를 대비하다 선선해질 때면 대방어를 먹겠지. 겨울엔 다시마에, 배추에 초장 바른 과메기를 올리고 마늘종, 쪽파, 오이를 올려 쌈을 싸 먹겠지.

　　사계절은 돌아가며 산천에 제 인장을 새긴다. 그리고 누군가는 이 계절 어디에서 무엇을 해야 할지 정확히 알고 찾아간다. 진달래를 꺾고, 코스모스를 보고, 서핑을 하고, 스키를 타고. 삶은 유한하며 지금 이 시기에만 가능한 일들이 있다는 걸 알고서 그 일을 해 낸다. 괜찮은 인생이란 아마 그런 자잘한 앎을 행동으로 바꿔가며 계절에 맞는 삶을 살아가는 것일지 모른다.

　　이제야 나도 그런 흉내를 내보려고 한다. 내가 좋아하는 여름의 음식, 여름의 석화는 뭘까? 굴을 구웠던 아내의 본가

마당에 더위가 내려앉고 이번엔 수영장을 펼쳤다. 아이의 생일을
알록달록하게 빛낼 풍선을 달고, 어른들이 발을 적실 자리도 따로
마련한다. 발리나 하와이 풍의 플레이 리스트를 찾아 스피커에
올린다. 유리그릇에는 포도, 수박, 여름을 맞아 물 건너 날아온
새빨간 체리. 아이들이 물속과 햇볕 속을 돌고 돌며 그 작은 몸을
말렸다 적셨다 까르르 웃는 동안, 나는 천막이 다 가리지 못한
햇살과 더위를 가만히 받아낸다. 얼음 통에 넣어 둔 로제 와인이
예민해진 감각을 보드랍게 다독이고, 아이들이 딴 데 정신 팔린
사이 슬쩍 가져 온 폴라포가 몸안의 열기와 함께 부서진다. 어느
계곡과 바다도 우리만의 작은 수영장에 가득 채운 여름에는
미치지 못하겠지. 흔한 과일에 몇백 원 짜리 빙과류라지만 어느
계절 가장 맛있게 먹을 수 있으면 그게 제철음식이겠지.

그 순간 체리와 아이스크림, 탄산이 들어 있는 와인만
나와 여름을 이어 준 건 아니라는 사실을 깨닫는다.

빨랫줄에 널린 티셔츠 같은 몰골로 헤매 다니던 8월의
이탈리아에서 먹은 멜론 콘 프로슈토. 홍보 영상을 만든다고
종일 여수 곳곳을 돌아다니다가 소주와 함께 먹었던 하모.
솔직히 그리 맛있진 않았지만 먹을 때마다 건강해지는 느낌이라
숟가락을 놓을 수 없었던 발리의 아사이볼. 라오스의 팍펭이란
작은 마을에서 뜯은 뼈가 절반이던 새 구이. 섭씨 37도, 38도
폭염 속에서 울주 산골짜기에서 끓여 먹은 백숙. 회사에서 새
책이 나오면 크고 작은 서점을 돌아다니다가 마지막에 보상처럼

사 먹는 태극당 모나카 아이스크림. 여름을 여름답게 느끼며
먹었던 음식들이다. 어떤 건 몸을 식혀 줘서 좋았고, 어떤 건 힘이
나게 해서 좋았다. 식당에 앉아 창밖을 보면 거기 여름이 있었고,
그때만큼은 유난히 계절이 가깝게 느껴졌다.

봄이라고, 가을이나 겨울이라고 내가 시절을 열심히
누린 건 아니다. 어쩌면 그냥 흘려보내는 모든 시간에 대한
미련을 오직 여름에 투사하고 있는지도 모른다. 시각, 청각,
촉각을 움켜쥐며 내가 강물로 뛰어들길 주저하고 있다는 현실을
생생하게 일러주는 계절이라서.

종종 삶을 거머쥐고 싶다는, 거머쥐어야 한다는 필요를
느꼈다. 아차 하면 내가 제어하지 못할 상태로, 강가 모래알처럼
정말 어딘가로 쉽사리 떠내려 갈 것 같았다. 그래서 다짐한다.
이번 여름을 거머쥐어야 나중에 진짜 '아차' 할 일이 없을 거라고.

그런데 말처럼 쉽나. 내 인생의 권한은 아직 내 몸
바깥 저 멀리에 있다. 제철 음식이라도 꼬박꼬박 챙겨 먹으며
시절에 몸 담그는 연습을 하는 게 내가 할 수 있는 전부다. 여름
음식들이 내게 어떤 조화를 부렸는지부터 떠올려 보자. 얼음
아이스크림, 수박, 오징어 회, 삼계탕 같은 것들이 내 기분을
어떻게 좌우했는지. 다짐, 의지 같은 것으로 나 자신을 움직이지
못한다는 걸 살아오면서 충분히 배웠다. 하지만 먹고 싶은 걸
먹는 일, 먹어야 할 걸 먹는 일은 조금은 손쉽게 해낼 수도 있을
것 같다. 사람들이 피서를 가려고 기꺼이 더위로 뛰어들듯 마트의
거대한 냉장고 안으로 터벅터벅 걸어 들어가는 것이다.

바람이 불고, 소나기가 몇 차례 지나가고, 열기가 가셨다. 매미도 한 철의 마지막 며칠을 보내고 있다. 나는 나무 그늘 아래 서 있다. 나무는 또 말없이 색을 바꿔간다. 가을은 나무 그늘 열다섯 발자국 바깥에서 서성이고 있다.

그늘에 차린 여름 식탁에 앉는다. 멜론도 없고 갯장어도 없고 오리나 닭 요리도 없다. 괜찮아, 콩고물 뿌린 빙수를 먹으면 되니까. 아직 여름이니까.

하늘을 본다. 이번 계절에 본 중 가장 큰 뭉게구름이 나를 굽어보고 있다. 아마 이건 현실이 아닐 것이다. 휴대용 라디오를 틀면 철 지난 시티팝이나 디스코 음악이 나왔으면 좋겠다. 이왕 욕심을 부리는 거 맑은 풍경 소리나 담 너머 자판기에서 차가운 캔 커피가 떨어지는 소리를 들으면 더 좋겠다. 눈을 감으면 그런 소리들이 등을 서늘하게 쓸어 준다. 구름이 만져지는 것도 같다. 잘게 간 얼음이 녹는다. 입안이 차가워진다. 여름은 참 아름다운 계절이다.

진실한 한 끼

진실한 한 끼

11

집이라는 기억을 끊입니다
카레라이스

생 당근을 간식이나 술안주로 먹는 사람은 많아도 삶은 당근을 좋아하는 사람은 드물다. 당근은 익혀서, 기름과 함께 먹을 때 더 유익하지만 열을 가한 향과 식감이 막 반갑지는 않은 게 사실이다. 하지만 카레 안에서는 잘 익은 감자와 알싸한 향신료에 묻혀 얼렁뚱땅 입안으로 들어오기도 한다. 아이에게 당근을 먹이고 싶을 때도 카레에 넣으면 성공 확률이 높아진다. 물론 당근은 드넓은 카레의 세계로 이어지는 징검다리 중 하나일 뿐이다.

할머니는 명절마다 물김치를 담가두셨다. 내가 할머니의
물김치만으로 밥 반 공기는 더 먹었기 때문이다. 손주가 왔다고
버선발로 달려 나오시는 분은 아니었다. 왔냐, 왔구나. 그보다 더
묵묵하던 할아버지보다야 살가운 분이시긴 했지만.

시골집에 도착하면 명절 준비로 바쁜 모두의 관심에서
벗어나 혼자 집 구석구석을 쏘다녔다. 반년 전과 뭐가 달라졌는지
찾아내는 숨은그림찾기. 소가 있던 우리에서 큰 개가 짖기도
하고, 잠자리를 잡아다 주면 그렇게 맛있게 먹던 병아리들이
닭장 안에서 활개를 치며 나를 겁주기도 했다(솔직히 잠자리를
순식간에 해치우던 병아리 시절에도 무섭긴 했다). 그러고 나서
할머니가 건네는 가장 다정한 인사를 받았다. 귀성길 교통 체증에
시달리다 마침내 땅을 밟고 처음으로 먹는 밥상 위 물김치였다.
나도 살가운 아이는 아니라 멀미와 찌뿌둥함이 물김치에 씻겨
나감을 느끼는 것만으로 감사를 대신했다.

물김치 말고, 할머니와 이어지는 음식이 하나 더
있다. 카레다. 할머니가 카레를 만들어 주신 적은 한 번도
없지만, 어머니가 만든 카레는 좋아하셨다고 들었다. 물김치를
후룩후룩 마시던 꼬맹이가 자라 대학생이 되었을 때, 몇 년
동안 할머니를 우리 집에서 모셨다. 수업을 마치고 늦은 저녁
돌아와 지칠 대로 지친 나는 마침 냄비에 있던 카레를 먹고
드라마나 볼 생각이었다. 그게 카레 때문이었는지는 확실하지
않지만, 장염인지 급체인지 밤새 앓았다. 카레를 먹고 속이

뒤집어지면 향신료의 어두운 면을 보게 된다. 몇 번이고 화장실을 들락날락거리는데 어느 때인가 내 뒤로 아무 말씀 없이 나를 지켜보시는 할머니의 시선이 느껴졌다. 뇌졸중 후유증으로 방에서 나오시는 데도 한참이 걸리시던 할머니는 이십 년 넘는 세월 동안 손주가 이러는 걸 처음 보셨다. 말은 없으셔도, 밥상에 올려주셨던 물김치처럼 손주의 상태를 염려하셨을 거다.

밤늦게 일을 마치고 돌아온 어머니에게 할머니가 애가 아픈 거 같다고 말씀하시는 소리를 들었다. 어머니가 방문을 열었다. 나는 힘이 쭉 빠진 상태로 침대에 누워 "그냥 체한 거야" 따위의 대학생 남자가 할 법한 대답을 했다. 하지만 그 뒤 몇 년 동안 카레를 입에도 대지 못했다. 등을 지고 있었어도, 정신이 홀딱 나간 상태였어도, 할머니의 시선은 잊지 않고 있다. "저 괜찮아요"라는 말이라도 했다면 좋았을 텐데.

내게 카레가 가장 자연스러운 장소는 집이다. 카레는 가족을 떠올리게 한다. 그런 카레를 가게에서 파는 커리와 구분해 '집 카레'라 부른다. 집 카레는 가스레인지 위에 한 솥 가득 담겨 약한 불로 부글부글 끓어오르는 황금빛 샘이다.

어느 나라에서건, 인도, 영국의 '커리'든 태국의 '갱'이든 일본의 '카레'든 재료와 빛깔과 이름이 다르다 하더라도 알싸한 향신료가 가득 들어간 이 음식은 가정식으로 사랑 받는다. 커리 가루나 페이스트만 있으면 먹다 남은 재료를 처리하기 좋고,

조리도 쉽다. 채소와 고기를 모두 넣고 뭉근하게 끓인다 – 은은한 화력과 시간의 조화면 그만이다. 지금도 세상 어딘가 낡은 식탁 위엔 집 카레가 올라와 있을 것이다. 밥이나 렌틸콩 위에 부어 먹기도 하고 빵을 찍어 먹기도 하고 스프처럼 국물만 훌훌 마시며 고단한 하루를 달래는 가족들이 있을 것이다.

카레의 발상지는 인도였지만, 인도엔 '커리'란 말이 없었다. 지금도 재료가 무엇인지, 향신료들을 어떻게 배합한 마살라^masala를 쓰는지, 조리는 어떻게 하는지, 얼마나 묽거나 되직한지에 따라 부나, 빈달루, 코르마, 칼리아, 힌두스타나처럼 저마다 다른 이름으로 불린다.

동인도회사에서 일하던 영국인들도 초기에는 인도의 풍습을 배워 인도인처럼 지냈다. 중세 시대부터 향신료 때문에 전쟁과 약탈도 불사하던 유럽인답게 인도 음식의 풍미에도 금세 적응했다. 인도의 다양한 향신료 요리를 '커리^curry'라는 말로 뭉뚱그려 부르기 시작한 것도 영국인들이었다. 커리의 어원이라고 여겨지는 말 중 하나는 남인도에서 밥과 곁들여 먹는 소스라는 뜻으로 쓰던 '카릴^kari'이다. 18세기 말 영국인들은 커리를 본국으로 데려갔고, 동양의 환상이 가득한 이 음식은 제국을 사로잡았다. 집에서 직접 여러 향신료를 갈고 섞어서 요리하는 인도의 재래식과 달리, 영국 상인들은 몇 가지 배합법으로 규격화된 커리 가루, 커리 소스를 만들어 팔았다.

영국의 커리는 그들의 다른 식민지로 퍼져 나갔다. 그 외의

대륙은 가난에서 벗어나기 위해 노동 이민을 떠난 인도인들이 직접 전파했다. '향신료와 함께 채소와 고기를 넣은 국물 요리'라는 이 스펙트럼 넓은 음식은 각 지역의 요리법과 어우러져 그곳 고유의 음식으로 변했다. 전 세계가 커리라는 이름이 붙지 않은 커리를 먹고 있는 셈이다.

내가 만들어 먹는 집 카레는 한국 가정에서 흔히 만들어 먹는 그 카레다. 한국에 카레를 가져온 건 일본인들이었고 두 나라의 카레가 (인도의 수많은 커리에 비하면) 실질적으로 크게 다른 것 같지 않지만, 나는 밥과 카레를 비비느냐 비비지 않느냐로 둘을 구분한다. 일본 카레 전문점에 가면 "밥과 카레를 섞지 않고 따로 드셔야 맛있습니다"라는 말이 어딘가에 꼭 쓰여 있다. 그것도 나쁘진 않다. 하지만 나는 밥 전체를 황금빛으로 푹 적셔 김치나 깍두기와 함께 먹는 한국판 집 카레를 좋아한다.

카레는 먹기 전부터 흥미로운 존재였다. 1956년 일본의 S&B 푸드에서 순수한 향신료 조합이었던 '커리 파우더'에 마늘, 양파, 고추 등 풍미를 더할 재료를 추가하고 소금, 설탕으로 간을 한 다음 밀가루, 기름과 함께 굳힌 고형 블록 카레를 출시했다. 서양에선 흔히 '커리 루curry roux'라 불린다. 고형 카레는 기름에 양파를 볶는 중에 카레 가루를 넣거나(말린 향신료를 기름에 볶으면 맛과 향이 극대화된다) 국물을 더 걸쭉하게 하려고 밀가루나 버터를 넣어야 했던 몇 가지 절차를 확실하게 생략해 주었다. 어린 시절 나는 고형 카레의 초콜릿 같은 생김새와 단맛과 매운맛으로 맛의 단계를 나누는 체계를 보며 카레가 미역국, 된장찌개와는 다른 매우 수학적이고 그래서 고급스럽기까지 한 음식일 거라고 생각했다.

　　매운맛의 강도에 따라 강조 색만 다른 채 슈퍼마켓 선반에 가득 쌓여 있는 카레 상자를 처음 봤을 때 과장을 좀 보태자면 맛있는 간식, 이를테면 초콜릿 맛이 날 것 같았다. 사진 속에 연출된 카레는 꼭 『찰리와 초콜릿 공장』의 초콜릿 강처럼 보였다! 순한맛, 보통맛, 약간 매운맛, 매운맛. 어떤 맛을 먹어야 할까? 순한맛은 애들이나 먹는 거지(그러는 나는?). 어중간하게 약한 매운맛보다 그냥 매운맛을 먹어야겠는데, 글씨가 너무 빨간 거 아냐? 결론은 매번 보통맛이었지만, 가끔은 약간 매운맛을 골라 어른스러워진 입맛을 시험에 보기도 했다.

　　나는 금세 카레를 사랑하게 되었다. 누군가 원조 '커리'에 비하면 맹탕이라 말한다 해도 카레는 카레가 아니면 나올 수 없는 맛이었다. 강황, 호로파, 커민, 생강, 고수, 고추, 정향, 회향, 계피, 카르다몸……. 낯선 성분, 낯선 이름들. 한식에선 찾아볼 수 없는 풍미이지만 실제로는 낯설지 않은, 딱 한국말 잘하는 외국인 친구 같은.

　　중학교 때 도시락 맨 밑 국통 자리에도 종종 카레가 들어갔다. 전날 저녁에 카레를 먹었다면 다음 날 도시락은 카레였다. 어느 날, 평소 점심을 같이 먹던 친구들 모두 공교롭게 다른 약속이 잡혔다. 그 시절 점심 파트너는 '핵심 불변', 날마다 한둘 빠지고 늘어날 순 있지만 거의 고정 멤버가 모였다. 그런데 회사 점심시간도 아니고 네댓 명 모두 다른 일이 생기다니? 어쩔 수 없이 서로 도시락을 맞붙여 본 적 없던 점심의 이방인 같은 아이들에 섞여 반찬 통을 하나씩 열었다.

"야, 너네 집 카레는 왜 이렇게 묽냐?"

전에도 혹시 그럴지 모르겠다 생각한 적이 있었지만, 그날 새로운 서너 명의 증언으로 우리 집 카레가 다른 집 카레보다 묽다는 게 기정사실이 될 뻔했다. 어머니가 카레 가루를 아끼시는 걸까? 정량은 넣었는데 오래 먹어야 하니까 물을 많이 부으시는 걸까? 하지만 도시락에 들어 있던 카레가 레토르트 카레 정도의 점도였다는 것을 분명히 기억한다. 맹맹한 맛도 아니었다. 지금 내가 만드는 집 카레도 딱 3분 요리처럼 보일 때까지 조려진다.
　　성인이 되어 카레는 비용을 아끼는 식단으로 편입됐다. 3,500원에 콩나물비빔밥을 팔던 컨테이너 식당에서 두 번째로 많이 시킨 메뉴도 카레 덮밥이었다.(가격도 같았다.) 아주머니는 누구나 다 아는 약간 매운맛 레토르트 카레를 뜨거운 냄비에 데워 밥 위에 붓고 달걀 프라이를 얹어주셨다. 카레랑 달걀 프라이를 같이 먹으면 훨씬 맛있다는 걸 왜 몰랐을까? 이때껏 반쪽짜리 카레를 먹어 왔다니! 대학 시절에 생긴 카레 울렁증이 치유되기 시작한 것도 바로 컨테이너 식당에서였다.

딱히 먹을 게 없는 저녁이면 퇴근길에 마트에서 레토르트 카레를 샀다. 여전히 선반에 늘어선 카레 상자는 흥미로운 구경거리였다. 한국 카레도 다변화되었고, 일본 카레는 막연히 이국적인 풍미가 더해졌을 거라는 착각을 불러 일으켰다. 그래도 내가 고른 건 행사가로 천 원짜리 딱 한 장만 받는, 데울 것도 없이 뜨거운 밥 위에 바로 부어서 먹는 제품이었다. 그게 다른 레토르트 카레보다 감칠맛이 좋고 알싸한 향도 강했다. 재빠르게 달걀 하나 부쳐 올리고 화끈한 청양고추를 잘게 썰어 올리면 6첩 반상이 부럽지 않은, 한때 잃어버렸으나 비로소 되찾은 한 끼가 되었다.

집에서 카레를 끓일 때 여전히 고형 카레를 찾는다. 물에 게우려고 애쓸 필요 없이 알아서 잘 녹는다는 과립형 카레 광고에 혹하기도 하지만 역시 포장을 뜯었을 때 블록이 들어 있어야 이제부터 진심 진득한 카레를 먹는다는 기분이 난다. 요즘은 고형 카레도 1인분씩 낱개 포장해서 파는 제품이 많다. 예전처럼 한 덩어리가 아니라 서운하지만, 고형 카레를 잘라 본 사람은 알 것이다. 생긴 게 초콜릿처럼 생겼다고 손으로 또각또각 자를 수 있는 무르기가 아니었다. 편의상으로나 일 인 가구가 현저히 늘어난 시대의 흐름으로나 어쩔 수 없는 변화다.

카레용으로 손질해 파는 채소 두 봉지를 냄비에 넣고 볶는다. 깍둑썰기 해서 파는 고기에도 '카레용'이라 적혀 있다. 어머니는 직접 채소를 썰고 고기는 정육점에 잘라 달라고 말씀하셨겠지? 네 조각짜리 고형 카레를 채소와 고기가 끓고 있는 냄비에 넣어 휘적휘적 푼다. 컨테이너 식당 아주머니가 그러셨던 것처럼 다른 쪽 화구 위로는 센 불에 달걀을 깨서 부친다. 진한 갈색이 올라오고 국물이 걸쭉해진다. 요즘 카레는 워낙 좋은 재료를 많이 넣(는다고 하)고 일본식 카레를 지향하고 있어서 색도 황금색이 아니라 갈색에 가깝다. 그래서인지 맛도 옛날 카레보다 깊어진 인상이다. 이것도 카레가 끓으며 기포가 올라오기 시작하듯 점진적으로 이루어지는 변화다. 커리가 오랜 세월 동안 수많은 나라를 돌아다니며 현지 입맛에 맞게 변한 것처럼 내가 먹는 집 카레도 천천히 달라져 온 것이다.

카레 냄새가 좋다고 신이 난 아이는 내가 휘젓는 카레를 집 카레의 원형으로 기억한다. 맛의 첫 걸음, 순한맛인데도 맵다며 우유를 찾는다. 그래서 우유를 넣은 카레도 만들어 본다. 언젠간 아이 입맛에 맞춰 매운 강도를 높여갈 것이다. 이게 우리가 사는 보금자리의 카레고, 어른이 된 아이가 카레를 끓이며 추억할 맛이 될 것이다. 카레에 혼입할 추억은 매일 새로 만들어질 것이다. 고소해서 웃고 매워서 우는, 그 모든 기억도 일종의 향신료다.

12

덮어 놓고 좋아하는 메뉴 하나쯤

순대

순대의 원형은 양을 잡으며 피 한 방울도 헛되이 버리지 않았다는 유목민의 알뜰함에서 나왔다고 한다. 혈액을 장에 넣어 익히는 조리법은 중국을 거쳐 한국으로도 전해졌는데, 조선 시대에는 소, 돼지, 민어, 심지어 개까지 다양한 동물로 순대 비슷한 음식을 만든 기록이 남아 있다. 하지만 고기 자체가 귀했기 때문에 누구나 쉽게 먹을 수 있는 요리는 아니었다. 시간이 흘러 1960년대 말, 양돈업의 성장으로 부속 고기를 비롯한 돼지 창자 값이 내려가면서 우리에게 익숙한 당면 순대도 등장했다. 그게 내가 태어나기도 전에 나에게 일어난 결정적 사건이었다.

이름이 코끼리 분식이었다. 손님을 대하는 사장님의 배포가
코끼리만큼 컸기 때문인지, 마포의 유명한 분식집 이름에서 따온
것인지, 어쨌든 같은 가격에 딴 데보다 두세 줌은 더 많이 퍼주는
곳이었다. 시장 길을 따라 들쭉날쭉 들어선 전형적인 80년대 상가
건물이라 코끼리만 한 손님을 받을 수 있는 층고는 아니었지만,
테이블이 적지는 않았다. 주변 많은 중고생들이 이곳에서
문화생활을 즐겼기 때문에 하교 시간에 가면 최소 세 학교의
교복을 볼 수 있었다. 덕분에 어제 학교 간에 패싸움이 벌어질
뻔했다더라는 뜬소문의 배경으로도 종종 등장했다.

　　　남들이 가자면 따라가긴 했지만, 내가 그곳을 단골집으로
여겼다고 말하지는 못하겠다. 다들 그곳의 최고 인기 메뉴,
맛탕을 일단 한 접시씩 시키고 보는 게 마음에 안 들었다.
뻑뻑하고 딱딱한 고구마에 철철 흐르는 당분! 아니, 맛탕은 죄가
없다. 코끼리 분식은 용돈이 부족한 학생들이 분식집을 선택할 때
최우선으로 따지는 조건, '떡볶이가 맛있는가?', '양은 많은가?'에
부합하는 곳이 확실했다. 하지만 내게는 떡볶이 맛이 크게
중요하지 않았다. 오로지 한정된 회비 안에서 맛탕이 너무 자주
순대의 자리를 빼앗는다는 것이 불만이었다.

　　　나는 순대를 좋아한다. 떡볶이는 순대를 찍어 먹기 위한
소스라고, 꽤 단호하게 생각해 왔다.

동네 분식집이 웬만하면 망하지 않는 건 떡볶이든 순대든
튀김이든 집에서 해 먹기 번거롭고, 맛도 그만하지 않기 때문이다.
분식을 특별히 좋아하지 않는다 해도 살다 보면 떡볶이, 순대,
어묵 먹을 일이 꼭 생기기 마련이다. 간단히 먹을 게 필요해서,
갑자기 누가 사 와서, 지나가다 보여서, 통계의 마법에 따라 분식
좋아하는 사람이 주변에 한두 명은 꼭 있어서.

　　　동네에 분식집 두세 군데가 몰려 있어도 누구 하나 쉽게
물러나 간판을 내리는 일은 없었다. 가게마다 떡볶이 맛이 달라
각자 취향이 맞는 고객층을 확보하며 공존하는 편이었다. 동네
분식집이 사라지는 상황이 온 것은 프랜차이즈 분식점이 급격히
늘어나고 나서였다.

　　　그런 와중에도 순대는 어딜 가나 맛이 비슷하다. 동네
분식집이건 프랜차이즈건 차이가 없다. 그게 바로 순대의
매력인데, 순대가 떡볶이의 위상에 못 미치는 것도 바로 그
때문이 아닌가 싶다. 실상 공장에서 만든 양념을 쓰고 있다
하더라도 떡볶이는 주인의 솜씨에 맛이 좌우된다고, 혹은 으레
좌우될 거라고 여겨진다. 공장에서 떼 와 찜통에 넣어뒀다 썰기만
하면 되는 순대보다 진정성 있어 보이는 것이다.

　　　분식집에서 딱 한 메뉴만 먹는다고 상상해 보자.
(상상만으로도 어쩐지 아쉽다.) 떡볶이는 매콤한 듯 달콤한 듯
먹으면서도 그럭저럭 개운하지만, 순대는 반 접시 정도 먹고 나면
느끼하다. 둘 다 수십 년간 사랑받은 간식이라지만 한국인 입맛엔

떡볶이가 더 잘 맞을 수밖에 없다. 먹다가 물려서 치운 상상의
접시를 봐도 떡볶이는 많아야 한두 개, 순대는 서너 점은 남아
있을 것 같다.

하지만 난 이런 상황이 조금 못마땅하다. 왜 "분식집
가자"는 말이 "떡볶이 먹으러 가자"로 치환될 순 있어도 "순대
먹으러 가자"로 치환될 순 없을까? 제목에 '떡볶이'가 들어간
책은 불티나게 팔린 적 있는데(그것도 두 권이나), 왜 '순대'를
제목으로 단 책은 찾아보기 힘들까? 음악도 상황은 도긴개긴,
떡볶이로 검색하면 150여 곡이나 나오는데 순대로 검색하면
30곡도 채 나오지 않는다. 그마저도 절반은 제목에 '떡볶이'도
같이 들어간다.

순대라는 음식을 만들려면 동물의 피와 창자, 적어도 그중
하나는 필요하다. 순대가 이인자에 머무는 또 다른 이유는 B급
호러 영화 같은 태생의 업보일지도 모른다. 동물의 피는 단백질이
귀하던 시절부터 훌륭한 영양 보충제였고, 창자 역시 다른 재료를
넣어 보관하기 좋은 천연 주머니였다. 고대 메소포타미아에
창자로 소시지를 만들어 먹거나 피를 수프에 섞어 마셨다는
기록이 남아 있다고 하니 인간이 동물의 피와 창자로 요리를 해
먹은 역사는 웬만한 음식보다도 긴 셈이다. 유럽만 보더라도
영국의 '블랙 푸딩', 프랑스의 '부댕', 스페인의 '모르시야', 독일의
'블루트부어스트' 같은 선지 음식들이 존재한다. 물론 고기를 먹는
것도 부족해 동물의 피와 창자까지 먹는다고 생각하면 업보가

두 배는 두껍게 쌓이는 기분도 든다. 유럽의 선지 음식 중 부댕을 먹어 본 적 있는데, 돼지 피로 만든다는 설명에 호기심이 일긴 했지만 주문을 하면서도 살짝 거부감이 들었다. 부댕이 접시에 아주 예쁘게 담겨 나와서 순대나 소시지라기보다는 폭신폭신한 케이크나 아주 잘게 다진 햄버그스테이크처럼 보여 곧 거부감이 가셨지만, 보기만큼 맛있지는 않았다.

그 부댕은 확실히 레스토랑에서 직접 만들었다는 느낌을 줬다. 반면 한국에서 순대를 직접 만드는 식당은 흔치 않다. 특히 분식집에서 주로 파는 당면 순대, 다른 이름으로 '찰 순대'는 전부 공장에서 만든다. 아무리 평안도, 함경도 지방에서 유래한 속초 아바이마을의 아바이 순대가 맛이든, 실향민 음식이라는 스토리텔링이든 모든 면에서 당면 순대와 비교가 되지 않는다 해도, 그 동네에서 아바이 순대를 직접 만드는 집은 거의 없다고 한다. 속초 소재 공장에서 열심히 만들어 납품하면 지역성이나마 지켜지는 거고, 다른 지역 공장에서도 아바이 순대는 맛있게 잘 만든다.

순대는 들어가는 재료가 적게는 예닐곱 개에서 많게는 스무 개까지 웬만한 요리 이상이고, 공정도 복잡하다. 돼지 창자를 깨끗하게 씻고, 재료를 전부 갈아서 섞은 소를 창자 안에 밀어 넣고, 그걸 또 뜨거운 물에 삶거나 증숙기로 찌고…….
이 과정을 식당에서 매일 반복하기란 쉬운 일이 아니며, 그래서 손수 순대를 만드는 식당들은 멀리서도 손님이 찾아올 만큼 사랑받는다. 해외 교민 중에서도 순대 맛이 그리워 직접 만들고 그 과정을 인터넷에 올리는 분들이 있다. 해외에도 순대 비슷한 음식이 많기 때문에 가장 중요한 선지 구하기도 어렵지 않은 모양이다. 그러나 순대 소를 만든 다음 소시지용 충진기 같은 것으로 돼지 창자에 소를 쑤셔 넣는 과정은 멀리서 봐도 몹시 험난해 보인다.

　　　당면이 촘촘하게 박힌 순대의 어슷하게 잘린 단면에서는 조화, 밀집, 반복이 이루어낸 묘한 아름다움이 느껴진다. 순대에 돼지 피가 들어간다는 진실을 모르던 어린 시절에도 고소하면서도 이로 껍질을 터트리는 순간의 미묘한 식감을 좋아했다. 반복 학습의 영향도 무시할 수 없었을 거다. 워낙 싸기도 싼 데다 이래저래 먹을 일이 많았으니까. 1960년대부터 70년대까지 이어졌던 혼분식장려운동 아래 자란 어른들 덕에 주기적으로 떡볶이와 순대를 먹으며 유년의 입맛을 다져왔다. 물론 그때도 떡볶이보다는 순대에 젓가락이 더 많이 갔다. 자연스레 식성도 달라져, 돼지한테서 왔다면 그게 뭐든 가리지 않고 먹게 됐다. 씹으면 입안이 모래주머니가 되는 것 같던 뻑뻑한 간에도 맛을 들였고(눈에 좋다니까 안 먹을 수가 없었다), 염통, 허파, 위(오소리감투), 머리 고기는 물론 창자 3종 세트와 돼지껍데기까지, 삶고 굽고 볶는 모든 것에 거부감이 없었다. 돼지고기 특유의 냄새랄까, 사람마다 호불호가 있는 그 풍미를 즐기게 된 것이다. 연배 있는 분들을 만나면 가리는 것 없이 다 잘 먹는다며 기특하다는 소리도 듣고, 식성이 사는 데 도움이 되는 일도 있었다. 세상만사 공평한 탓에 닭 냄새에는 조금 약하지만, 다행히 술자리에서 나에게 닭을 사 준 어른은 많지 않았다.

그렇다고 분식집에 앉자마자 나는 떡볶이보단 순대라고 공언하는 수준에는 미치지 못했다. 그 주저하는 영혼을 순대에 대한 굳은 결의로 이끈 것은 고등학교 배정이었다. 신림동에 있는 고등학교, 순대의 메카가 걸어서 15분. 줄곧 다른 동네에 살다가 갑자기 학교만 신림동으로 다니게 된 친구를 만나자 신림 토박이(?)들은 초심자에게 신림 순대 타운을 안내하는 즐거움을 한껏 누렸다. 양념 순대 곱창 볶음과 백순대. 백순대는 그때껏 밟아보지 못한 새로운 세계였다. 기름에 볶은 순대를 깻잎에 싸서 양념장에 찍어 먹은 첫맛은 영영 잊지 못할 것이다. 순대, 당면, 들깨에서 올라오는 삼색 고소함이 맵고 짠 양념장과 공중그네의 정점에서 손을 맞잡았다가 깻잎의 향긋하고 탄성감 있는 바닥에 사뿐하게 착지했다. 콩깍지가 씌니까 뜨거운 철판 위에 단무지 깔고 양념장 접시를 올리는 차림새조차 혁신적으로 보였다. 네 명 이상 팀을 꾸려(그래야 반반 시킬 수 있으니까) 순대 타운으로 향할 때마다 어떻게 하면 손바닥보다도 작은 깻잎 위에 더 많은 재료를 올려 쌈을 쌀 수 있을까 고민했다. 아마 내 인생에서 뭘 먹을 기대에 벅차 있었던 건 그때가 유일했을 것이다.

우리나 순대 타운 어머님들은 "빽순대"라고 불렀지만, 보통 선지를 넣지 않은 순대를 '백순대'라 한다. 아무래도 고추장

양념에 볶는 빨간 순대 볶음과 구분하기 위해 '빽순대'라고 부른
것 같다. 양배추와 당면이 뒤섞여 유난히 하얗게 보이기도 한다.
서울 다른 지역에선 신림동 순대 타운식 백순대 볶음을 파는 곳이
많지 않다. 밀 키트로도 시켜 보고 순대만 사서 직접 만들어도
봤지만 전라도 지명 간판 아래 옹기종기 모인 사람들 사이에서
철판 위에 바로 볶아 먹는 순대 타운 맛엔 미치지 못했다.

　　　　순대 타운의 그 복작거리는 홀 안에선 어른의 세상이
엿보였다. 아무리 주변 학교 학생들이 손님으로 오거나 교복을
입은 채 아르바이트를 한다고 해도 순대 타운 손님 대부분은
직장인, 대학생이었다.

"엄마! 서비스 많이 주세요!"

넉살 좋은 친구는 다른 테이블이 그러듯 단골집 아주머니를
어머니도 아닌 엄마라 부르고, 그러면 으레 사이다 한 병이
공짜로 나오며,

"1인분은 더 줬어!"

하는 '엄마'의 화답이 있었다. 옆 테이블에는 막걸리, 소주병이
있었고, 사이다와 다 같이 초록색이라 몇 년 먼저 산 사람들과
동등해지는 착각이 들기도 했다. 하지만 지금 우리에게 없는 다른

무언가에 골몰한 어른들의 삶이란 어떤 것인지, 취한다는 건 어떤 것인지 헤아릴 재간은 없었다. 나한텐 덤을 많이 달라고 부탁하는 너스레부터가 낯설기만 한 영역이었다. 사람들의 목소리가 높아지고 술에 취해가는 동안 양념 끓어오르는 냄새와 당면 눌어붙는 냄새가 교복에 스며들었다.

졸업 후 순대 타운에 돌아와 먹는 순대 볶음은 소주를 들이켜도 고등학교 시절 먹던 맛보다 인상적이지 않았다. 당연한 일이었다. 그러면서 순대를 사랑하는 길은 같은 재료를 쓴, 하지만 전혀 다른 조리 과정을 거친 음식, 순댓국으로 이어졌다.

이상한 말이지만 순댓국은 순대와 무관한 음식 같다. 순댓국의 핵심은 고깃국물이고 순대는 꾸미일 뿐이다. 실제로 일제강점기에 밀려든 새로운 음식 속에서 전통 요리 조리법의 명맥을 이어나가려 한 『조선무쌍신식요리제법』(이용기, 1924)을 보면 순댓국에 '순대'가 아닌 돼지 내장만 들어간다. 순대 볶음이 곱창과 당면, 채소를 넣어도 주재료는 여전히 순대인 것과는 다른 길을 걸어온 셈이다.

구수한 국물에 칼칼한 양념장, 뚝배기 안이 빨개지도록 깍두기나 김치를 얹어서 먹는 맛이 자꾸 순댓국을 찾게 했다. 어떻게 한 그릇 안에 소박함과 화려함이 함께 담길 수 있을까? 국물과 밥과 고기와 김치가 한 번에 입안에서 씹힐 때 올라오는, 거의 달달하다고 해야 할 혀에 감기는 감칠맛. 순댓국을 먹기 전까진 거의 당면 순대만 먹어 봤던 나에게 고기, 채소 비율이 높은 '순댓국용 순대'는 한결 어른스러운 맛이었다. 성인이 되면 순대 타운에 앉아 '기꺼이' 소주를 마실 줄 알았는데, 막상 어제 먹은 술 해장을 하거나 그냥 좀 저렴하게 고깃국 먹고 힘내자고 '부득이' 순댓국을 뜨는 날이 훨씬 많았다.

순대 때문에 순댓국을 좋아하게 된 건 아니지만, 순댓국 덕분에 순대와 돼지 부속 고기가 더 좋아진 건 확실하다. 점심에 분식으로 순대를 먹고 저녁에 뚝배기를 박박 긁으며 순댓국을 먹어도 물리지 않았다. '순대만'이라든가 '고기만'이라든가 하는 어디에도 안 쓰여 있지만 모두가 알고 있는 기본 옵션도 선택하지 않는다. 고기가 질기면 질긴 대로 씹어 먹는 재미, 순대가 적으면 적은 대로 밥공기 뚜껑 위에다 건져 놓았다가 아껴 먹는 기쁨.

사회생활을 시작하자 행동반경 안에 분식집보다 순댓국 파는 집이 많아졌다. 어딜 가든 기본 맛은 했고, 어떤 곳은 그 이상의 만족감을 줬다. 솜씨와 끈기와 운이 없으면 음식 장사 오래 못 한다고들 하지만 순댓국집만큼은 의외로 안 망하는 게 아닐까? 짜장면, 고량주 투어를 하던 시기 또 다른 친구와 순댓국 투어를 하며 그런 허무맹랑한 추측을 하기도 했다. 순댓국집이 전부 망해버려 먹고 싶어도 못 먹는 불상사는 일어날 일 없겠지만, 우리는 매번 순대가 만들어지고 부속 고기들이 삶아지는 과정을 각별하게 떠올리고, 국물은 또 얼마나 오래 우려냈을까 존경을 보내며 인류 마지막 순댓국을 마주하듯 간절하게 뚝배기를 기다렸다. 가끔 한산한 식당에 가면 마치 우리가 찜통 안에서 이것저것 사 갈 손님을 기다리는 순대나 된 듯 사람들이 많이 찾아와 주기를 소망하기도 했다.

장황한 순대 예찬이 무색하게 모든 순대를 다 잘 먹는 건 아니다. 제주에서 먹었던 선지 가득한 순대는 100% 제주 향토 순대도 아니었는데 입에 맞지 않아 반이나 남겼다. 찹쌀을 많이 섞어 질퍽질퍽하거나 고기가 과다하게 들어간 순대는 금방 물린다. 결국 저렴한 입맛, 순례의 길은, 아니 순대의 길은 분식집에서 처음 먹었던 당면 순대로 회귀한다. 그냥 그 간결한 맛이 가장 좋다. 단순하고 저렴하고 든든한 음식 하나 있다는 건 정말 위로가 되는 일이다. 흔하고, 대단한 의미가 있는 것도 아니지만 절로 찾게 되는 한 끼. 다른 이유 없이 그냥 마음이 가는 친구 같은 한 끼.

코끼리 분식은 문을 닫았다. 하지만 떡볶이 곁들인 순대 한 접시는 사라지지 않았다. 교복 입은 아이들이 들락날락하던 분식집으로 돌아갈 길은 없어도 거기서 팔던 순대는 여전히 어딘가 찜통 속에서 나를 기다리고 있다. 다행이다. 추억의 맛을 되찾지 못한다는 결말을 이번에는 피할 수 있어서.

13

앞 접시 주시겠어요?
부대찌개

전골 요리 대부분이 그러하듯 부대찌개도 혼자 먹을 수 있는 음식이 아니다. 1인 부대찌개를 파는 곳도 있다. 하지만 집에서 냄비에 한두 마리씩 해 먹는 삼계탕과 커다란 솥에 닭 여러 마리를 집어넣고 육수를 내는 전문점 삼계탕 사이에 차이가 있는 것처럼 가공육도 일정양이 모여야 진가를 발휘한다. 혼자 하는 식사의 불편함 내지 아쉬움도 여기서 두드러진다. 누군가와 함께해야 제대로 먹을 수 있는 음식이라 포기할 수밖에 없을 때. 관계를 위해서가 아니라 순전히 어떤 음식이 먹고 싶어서 누군가에게 식사를 권하는 사람은 참으로 미식가이다.

냄비가 끓는다. 적당히 퍼진 사리부터 꺼내 볼까. 국자로 직신거려 인원수대로 면을 헤치고, 더 먹고 싶어 할 사람이 있을 테니까 두세 젓가락은 남겨 둔다. 앞 접시를 건네받아 국자로 면을 뜬다. 어라, 면이 끝없이 딸려 온다. 들어 올렸다 내렸다, 접시를 냄비 가까이 대고 추스려 보지만 미끌미끌한 당면은 기어이 국자를 놓치고 식탁으로 미끄러진다. 흰 티를 입고 있었다면 거의 100% 확률로 국물 자국이 생겼을 것이다. 내가 하는 꼴을 지켜보던 일행은 접시를 내미는 대신 국자를 돌려받는다.

어른이 수저를 뜬 후 밥을 먹어야 하고, 국물이 아무리 뜨거워도 이로 숟가락을 물면 안 되며, 밥그릇은 왼쪽 국그릇은 오른쪽, 숟가락 왼쪽 젓가락 오른쪽, 아무리 급해도 둘을 한 번에 쥐는 일은 없어야 한다. 쩝쩝 소리를 내는 것도 경박하다. 어른이 다 드시기 전에 밥상에서 일어나면 안 된다. 당연히 밥상 앞에서 드러눕는 것도 용납할 수 없다. 다 기억나진 않지만 이것 말고도 밥상 규칙이 꽤나 많았다. 가족이 아닌 다른 사람, 특히 윗사람과 함께 식사를 할 때는 무엇이 예의이고 어떤 태도로 앉아 먹어야 하는지 알아둘 게 수두룩하다. '세팅'과 '서빙'이라는 실전 응용문제를 푸는 일은 더 만만치 않다. 식탁에 팔꿈치를 올리면 안 된다는 것도 사회에 나와 실수를 통해 배웠다.

입사 초반, 전 부서 직원이 참여하는 회식 자리는 관례와 예산과 인원 수용성에 맞춰 자연스레 삼겹살집으로 잡혔다. 자리

배치는 직급이 낮을수록 높은 사람과 합석하는, 흔히 말하는 '전 테이블 짬밥 평균화 정책'에 따라 정해졌다. 내 앞에는 사무실과 술자리를 막론하고 짓궂음을 담당하는 분이 앉아 있었는데, 내가 고기 굽는 꼴을 유심히 지켜보던 그분은 한 마디 얹지 않을 수 없었다.

"넌 고기를 숯으로 먹냐?"

집게는 자연스레 옆자리 과장님 손으로 넘어가고 내 손엔 소주잔이 들렸다. 한 잔을 단숨에 비우고 또 한 잔을 받으며 지금껏 식탁 위에서 범했던 모든 실수가 머릿속을 스치고 지나갔다.

> 밥상 막내였는데 수저와 물컵 돌릴 생각도 안 하고
> 멀뚱멀뚱 음식 나오기만 기다렸던 날.
> 이번엔 바지런하게 굴겠다고 국그릇과 밥그릇을 몸소
> 놓는데 하필 반대로 놓아 상대방을 제사 지내버린 날.
> 저 테이블에서는 고기를 크게 잘랐다는 소리를 듣고 이
> 테이블에서는 고기를 너무 작게 자른다는 소리를 들어
> 헤어나올 수 없는 미궁에 빠진 날.
> 술을 꺾어 마셨다고 그 자리가 끝날 때까지 주도에 관해
> 집중 교육 받은 날.

대학생, 아르바이트, 인턴, 신입 사원으로 한 단계 한 단계 옮겨갈 때마다 새로운 밥상 앞에서 새로운 실수를 저질렀다. 몰라서 그러기도 했지만, 알면서 지와 행을 일치시키지 못한 적도 많았다. 이 상황에 이러는 게 맞나? 고민하다 보면 이미 부저는 울렸고 사람들은 밥그릇 대신 나를 쳐다보고 있었다. 귀하게 자랐다, 아무것도 모른다, 외아들이라 그렇지. 어떤 성격의 소유자와 동석했느냐에 따라 우스갯소리도 듣고 쓴 소리도 듣고 그랬다. 두 번 실수 안 하려면 정신 똑바로 차려야지, 매번 다짐해 왔는데 삼겹살 굽기가 문제될 줄은 몰랐다. 돼지고기는 바싹 익혀야 안전하고 맛도 있다는 사람들의 말을 따랐을 뿐이었는데.

식탁은 내가 얼마나 교정이 필요한 신출내기인지 깨닫는 살아 있는 학습의 장이었다. 더더욱 기가 막힌 사실은, 그리고 여전히 난해한 포인트는, 사람마다 옳다고 여기는 식사법이 다르다는 것이다. 저마다 자기 밥상에서 쌓아 온 '철학'이 다르니 당연한 일이지만, 같이 밥 먹기 거북하지 않은 사람이 되는 게 이리도 어렵다. 어렸을 때 배운 기본 규칙은 물론, 눈치 좋게 상대의 성향도 파악할 줄 알아야 한다. 그게 사회적 식사의 출발점이었다.

배가 고픈 인간은 원초적인 욕구에 따라 먹을 걸 찾는 여타 동물과 다를 바 없다. 하지만 다른 사람과 함께 밥을 먹는 인간은 욕구를 억누르며 타인과 균형을 맞춰가는 사회적 존재가 되어야 한다. 어떻게 조리된 어떤 음식을 어떤 순서로 먹을 것인지, 앉는 자리는 어떤 기준으로 정해지는지, 어떤 이야기를 건네야 하는지, 얼마만큼 먹어야 하는지. 가장 원초적인 자리에서 가장 고상한 자세를 고수해야 한다.

함께 먹는 식사는 구성원 사이의 중요한 행사다. 가족은 아니지만 가족에 가까운 믿음과 공동의 이해로 식탁에 묶인 공동체가 탄생한다. 그게 긍정적인 것만은 아니다. 내부의 결속력이 높아지는 만큼 외부인에겐 배타적으로 변하는 경우가 많기 때문이다. 공동 식사 자체가 구속력을 지니기도 한다. 고대 그리스에선 시민만 참여할 수 있는 잔치를 열었다고 하는데, 그건 시민의 권리이자 의무였다. 식사에 참여하지 않으면 시민권을 행사하지 못하는 도시도 있었다. 루이 14세는 지방 귀족들을 베르사유로 이주시킨 뒤 화려한 저녁 만찬을 열고 여기에 반드시 참석하게 했다. 자신의 부를 과시하는 한편 그들끼리 작당 모의를 하지 못하도록 감시하려는 이유였다.

어쩐지 기시감이 느껴지는 이야기다. 회식에 열외는 없다, 끝없이 차오르는 술잔, 몇 번이고 들었던 그때 그 시절 이야기, 몇몇 기민한 이에게 떠맡겨지는 2차, 3차 장소 물색 미션. 열외자에게 가해지는 가혹한 험담은 안줏거리이자 누구나 그가 될 수 있다는 경고이기도 하다. 한때 일본의 '혼밥' 드라마들이 큰 인기를 끌었던 건 친밀함보다는 구속당하는 느낌이 강한 '사회적 식사'에 신물이 난 사람들이 많았기 때문 아닐까? 회식은 간단히 1차만, 요새는 분위기도 바뀌어 간다. 혼자서 혹은 소수만 모여 진짜 '맛있는 요리'를 찾아다니는 모험은 식탁 상석에 다시 음식을 앉혔다.

그럼에도 점심시간에 혼자 밥을 먹으러 다니던 나에게 미식가로서의 정체성은 없었다. 회식은 거추장스러운 이벤트로 여겨질 때도 있었지만 전반적으로 종종 필요한 행사라고 수긍하는 편이었다. 회식이 다음과 같은 문제지를 받아 드는 시험장 같았음에도.

1) 기초 '피지컬' 영역: 생 재료가 가득 담겨 나온 전골을 익는 정도에 따라 적절히 섞어 주며 불 조절을 하고, 완성 후엔 솜씨 좋게 덜어주기. 고기 맛있게 굽기. 그때그때 반찬 다시 채워 오기.

2) 실전 '센스' 영역: 냄비에 채소와 고기가 한가득한데 이 사람은 뭘 더 좋아했더라? 고기를 안 먹는 사람이 누구였더라? 선호하는 고기 크기는? 마지막 한 점을 집게로 집어 누구 접시에 올려야 할까?

3) 응용 '소셜 스킬' 영역: 저 사람이 하는 말에 뭐라고 맞장구를 쳐야 하지? 평소 말을 안 하는 사람과 어떻게 이야기를 틀 수 있을까? 속에 담아두었던 부탁은 어떻게 꺼낼까? 술잔과 함께 들어오는 부탁은 얼마나 들어줘야 할까? 어느 정도로 취해야 할까?

왜 나는 불편한 식사를 자처했을까? 어차피 피할 수
없는 일 즐기기라도 하자고? 그렇게 긍정적이고 적극적이었다면
애초에 식사 자리에서 핀잔을 들을 일도 없었겠지.

대체로 열심히 답안지를 채웠지만, 재치를 발휘해 회식
자리를 이끌어 가는 모범생은 되지 못했다. 누군가와 함께하는
식사는 개인과 집단 모두한테 효용이 있고, 공동체를 유지하는
주춧돌 중 하나다. 함께 밥을 먹는 사람을 내 마음대로 택할 수
없다는 현실을 받아들이고, 식사에 관한 여러 관습에서 어긋나려
하지 않는 정도는 그렇게 부당한 일이 아닐지 모른다. 다른 사람과
밥을 나눠 먹으며 얻는 유용한 면에 붙은 세금 같은 거니까.
하지만 숱한 모임, 회식, 뒤풀이 자리를 거치며 기초·실전·응용
전 영역에 경험치를 쌓아도 기초, '피지컬'이 좀체 늘지 않는다는
현실이 나의 자존심을 건드린다. (요리를 꽤 했음에도 여직 채소를
삐뚤빼뚤 써는 것도 비슷한 좌절감을 준다.)

젓가락질조차 밥상 예절이 엄격한 사람 곁에서는 숨겨야
하는 수준. 국자질도 능숙하지 못하고 고기를 예쁘게 자르지도
못한다. 점심 때 한 솥에 끓여 나누어 먹는 음식, 그러니까
동태찌개, 생고기 김치찌개, 만두전골, 감자탕, 즉석 떡볶이를
먹을 때 불 앞에 앉게 되면 긴장이 된다. 다행히 지금껏 일해 온
곳들선 국자, 집게, 가위를 도맡는 윗사람들이 있었다. 집에서
요리를 하는 사람들, 특히 기혼자들은 나이와 성별 무관으로
찌개도 잘 끓이고 볶음 요리도 잘 뒤섞고 언제 고기를 뒤집을지

잘 알았다. 모둠회 접시를 앞에 두고 내 눈에는 색깔만 조금씩
다를 뿐인 생선 이름을 척척 알려주는 사람들도 있었다. 그런
사람들과 밥을 먹으면 존중 받는다는 기분으로 식사를 즐길 수
있었다.

그랬다. 그들이 멋있어 보였다. 나도 그들처럼 요리가
어떻게 진행되는지, 이 생소한 재료는 무엇인지, 조리 기구는
어떻게 다루어야 하는지 잘 아는 사람이 되고 싶었다. 누구나
지켜야 한다고 배웠고, 그러지 않으면 뭐 하나 빠졌다는 취급받기
일쑤였던 식사 예절, 사교의 기술을 몸에 완벽하게 익히고 싶었다.
그래야 멀쩡한 어른이 될 수 있다고 배워 왔기 때문이다.

출판 일을 시작한 후 회사 사람들과 부대찌개를 자주 먹었다.
다들 뭘 먹을지 깊이 고민하는 성향이 아니고, 어느 수준 이상만
된다면 부대찌개만 한 점심 메뉴가 또 없다고 여긴다. 부대찌개를
처음 만들었다고 알려진 의정부의 '오뎅식당'도 회사 사람들과
처음 가 봤다.

아내와 만나기 시작했을 때 가장 많이 먹었던 것도
부대찌개다. 둘이서 쇼핑몰을 돌아다니다가 프랜차이즈처럼
보이는데 실제로는 지점이 거의 없는 부대찌개 집을 발견했고,
미심쩍은 마음으로 들어갔으나 의외로 맛있게 먹었다, 그리하여
이후로도 생각날 때마다 부대찌개를 먹으러 갔다, 시작하는
연인다운 레퍼토리였다. 부대찌개는 날 재료에 육수를 부어

끓이는 게 보통이므로 전골이라 부르는 게 정확하지만, 이미
'찌개'라는 명칭이 굳어져 버렸다. 우리는 예술의전당 부근에
'부대 전골'을 파는 가게가 있다고 해서 찾아가 보기도 했다. 좀 더
고급스러운 재료가 들어간 '요리'일 거라 기대했고, 전골이라는
이름답게 같은 재료(소시지, 햄)를 더 나은 걸 쓰면서 양은 가격에
비해서 좀 적은 것도 같았다.

    햄, 소시지, 간 쇠고기, 두부, 콩나물, 파, 김치, 치즈,
베이크드빈, 떡, 당면, 라면. 부대찌개는 이런 유를 좋아하는
사람들에겐 종합 선물 세트다. 지역이나 가게에 따라 이 중에서
몇 개는 반드시 들어가고 몇 개는 빠진다. 거기에 쭉쭉 부어주는
육수 종류도 제각각이라 부대찌개는 혼종의 극이요 새로운
실험의 장이다.

    부대찌개는 빈곤한 시절을 떠오르게 한다는 이유로,
하고많은 육류 중에서도 통조림 가공육을 사용한다는 이유로
제대로 된 한식 취급을 못 받기도 한다. 따지고 보면 1970년대
이후에 대중의 식사 메뉴로 개발되고 소비된 감자탕, 아귀찜,
두부전골보다도 역사가 긴 음식이다. 개인에게도 시절에 따라
특별한 의미를 지니는 한 끼가 있듯, 역사적·시대적 상황에
따라 유래되고 전파된 요리가 있다면 그 나라 고유의 음식이자
식문화로 인정해도 되지 않을까? 주둔 부대에서 밀반출된
음식으로 전후의 배고픔을 달랬다면, 슬프지만 그것 나름으로
우리가 살아온 역사가 반영된 한식이다. 비슷한 시기, 미국에서

원조 받은 밀가루로 만들어 먹던 칼국수나 수제비가 결국 '고향의 맛', '엄마의 맛'이 되어 우리 영혼 한쪽에 자리 잡은 것처럼.

기원이 음식의 성격도 결정하는지 부대찌개는 접근 장벽이 낮다. 가공육을 꺼리는 이들을 제외하면 대체로 누구나 가리지 않는다. 얼큰하고 짭짤하지만 느끼한 감칠맛이 그 모난 부분을 어루만지는 국물의 미. 흰 쌀밥에 비벼 먹기도 좋고 재료 자체가 곧 안주나 다름없어 반주하기에도 좋다. 가격도 여타 전골보단 저렴하다. 무엇보다 나한텐 라면 사리만 어찌어찌 해결한다면 나서서 국자를 도맡겠다는 자신이 들 만큼 자주 먹기도 했고 대하기도 쉬운 음식이다. 이 냄비 앞에서는 고기가 어떤 부위인지 어떤 생선의 살인지 구분하는 감식안도 필요 없고, 잘 익는지 신경 써야 하는 재료는 나중에 넣는 라면 사리뿐이며, 국물이 너무 많이 졸아 들어도 보통은 육수를 더 부어주니까 불 끄는 타이밍을 놓쳤다고 전전긍긍할 필요가 없다. 재료가 대체로 물러서 국자 날로 자르기 용이하다는 것도, 다채로운 종류 덕에 하나씩만 건져 내밀어도 웬만한 기호는 다 맞출 수 있다는 것도 마음의 짐을 덜어 준다. 나는 직장 동료의 앞 접시와 연인의 앞 접시에 '능숙한 척 떠 줄 수 있어서' 이 찌개를 좋아한다. 정말 그런 이유로 부대찌개나 먹을까요, 하는 말을 하기도 한다.

지금도 메뉴판의 가격표를 태연하게 대하는, 불판 앞에서 집게와 가위를 드는, 먹으면서 재미있게 대화를 이끌어 가는, 남은 국물이나 양념에 죽이면 죽답게, 볶음밥이면 볶음밥답게

졸이고 휘젓는 모든 문제가 나를 위축시키면서 동시에 도전
의식을 불러일으킨다. 내 손기술이 다정한 마음을 못 따라
가서만은 아니고, 사회적 식사를 하면서부터 숱하게 들었던
핀잔들을 극복할 때도 된 것 같아서다.

먹을 것이 남아돌면 인간은 명예와 평판에 굶주린다고
한다. 자고로 부족장, 군주, 왕, 귀족, 부르주아, 고위직이 되면
만찬을 열어 누가 더 서로를 감탄시키나 경쟁했다. 배를 불리는
데도 다른 사람의 눈이 그렇게 중요했다. 현대의 평범한 식사
자리에도 인간 본성의 역사가 연장되어 있다. 누가 한턱 쏘든
더치페이를 하든 법인 카드가 데우스 엑스 마키나가 되든 잘
먹는 사람, 잘 마시는 사람, 음식을 잘 알고 잘 다루는 사람은
두드러진다. 나는 항상 한두 걸음 뒤에 있는 사람으로서 부대찌개
같은 음식을 만난 건 정말 행운이라 할 수 있다.

남들과 밥을 먹으며 그렇게 많은 지적을 받았던 건 그
식사 자리를 주선한 장본인이 내가 아니라서 그런 게 아닌가
생각하기도 한다. 내가 나이가 제일 많거나 직급이 제일 높았다면,
그러니까 내가 사는 밥이었다면 최소한 내가 굽는 삼겹살에
불만을 표하는 사람은 없었을 것이다. 그렇게 보면 예의와 권위
사이에서 갈팡질팡하던 사람들에게 조금 화가 나기도 한다. 이런,
나도 누군가가 합석하고 싶어 하지 않는 밥상을 차리는 날이 점점
많아지는 거 아냐?

조심스레 식탁 앞에 앉는 자세를 고쳐보기로 한다. 국자를

쥐는 손은 자신 있게, 앞 접시 주실래요? 묻는 말은 듬직하게.
서툰 게 좀 많으면 어떠냐고 나 자신을 지지하고, 젓가락질
잘해야만 밥 잘 먹냐고 되묻는 이들의 도발에는 긍정의 한
표를 던진다. 그게 내가 차리고 권하는 식사 예절이 될 것이다.
누군가에게 식사를 청해야 하는 날이 오면, 부대찌개가 어떠냐고
물으려 한다.

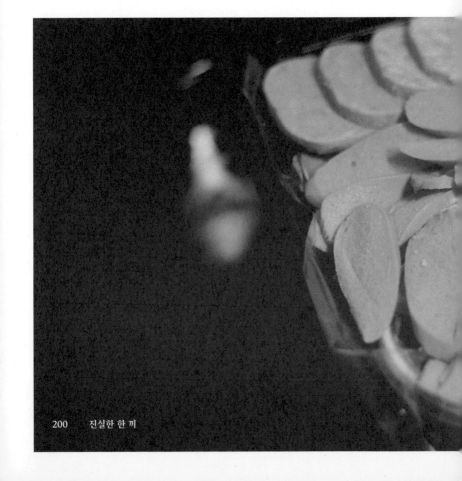

14

너와 나의 속도, 너와 나의 소리

국수

파스타도 국수다. 그러나 파스타만 따로 놓고 이야기해야 할 정도로 나는 파스타를 사랑한다. 토마토든 크림이든 그저 올리브유든 상관없다. 파스타가 국수의 일종이라는 사실을 부정하지는 않지만, 내 음식의 사다리에서 빵 위에는 국수, 국수위에는 쌀밥, 쌀밥 위에는 파스타가 있다. 여기서는 잔치국수로 이야기를 시작한다. 잔치국수라고 쓰며 파스타 먹는 상상을 하기도 했다.

서른 중반이 넘어 사랑니를 뺐다. 십여 년 넘게 발치를 외면하며
두려움을 키워왔지만, 상상하던 것보단 어렵지 않았다. 문제는
사랑니 때문에 썩어버린 양쪽 어금니였다. 오른쪽 어금니가
우식이 심한 편은 아니라고 해서 가장 나중에 치료를 받았는데,
썩은 정도와는 무관하게 한동안 주기적으로 아팠다. '자다가
일어날 정도의 동통' 같은 백과사전식 설명은 눈으로 읽을 땐
실감이 나지 않는다. 직접 체험해 보고 나서야 평소엔 잘 쓰지도
않는 '동통'이 얼마나 무겁고 단단한 의미를 지닌 단어인지
조금이나마 알 수 있다. 다리를 쭉 뻗은 오징어 같은 신경의
생김새나 분포도가 치료하기 골치 아픈 타입이라고 들었는데 그
때문일까? 신경 치료를 받는 와중에도 염증이 심하게 생겼다. 세
종류의 진통제를 두 시간 간격으로 집어먹고 나타난 어지럼증은
색다른 경험이었다.

　　밥을 먹을 땐 이미 치료가 끝난 왼쪽으로만 씹었다.
그런데 오른쪽 윗니와 아랫니가 실수로 부딪히기만 해도
누구한테 주먹으로 한 대 얻어맞는 기분이었다. 부드러운 음식만
먹어야겠다 싶어 떠올린 게 죽. 죽 전문점보단 편의점에서
파는 레토르트 쪽을 선호한다. 하지만 도가니 죽을 먹어도,
그 부드러운 도가니를 뭉개려다가 오른쪽 윗니와 아랫니가
부딪히면 또 한두 알의 진통제를 먹어야 했다. 다음으로 떠오른
게 국수였다. 면발이 그렇게 굵지 않고 혀로만 툭툭 끊어 먹을 수
있는, 잔치국수 같은 것.

잔치국수는 아무 분식집에나 들어가도 먹을 수 있는
음식이지만, 오래된 국숫집들이 머리를 맞댄 골목이나
시장에 앉을 때야 제대로 된 국물을 응접한다는 기분이 든다.
사무실에서 그나마 가까운 축에 속하는 국수 마당은 낙원상가
지하, 낙원시장 안에 있다. 어느 할아버지는 열심히 국수를
드시느라 아까부터 울리는 휴대전화의 벨 소리가 당신 것인지
모르시고, 어느 할머니는 국수도 안 나왔는데 젓가락을 펴 쥐고
가만히 앉아 계신다. 주인아저씨가 정확한 자리에 그릇을 놓으면
그대로 손가락만 오므리시면 될 판이다. 그 모습이 국수를 몹시
기다리는 마음 같아 덩달아 허기가 진다. 후루룩후루룩, 그릇
하나 놓일 때마다 면 넘어가는 소리가 돌림노래가 된다. 단무지,
배추김치는 오도독오도독 장단을 맞추고……. 잔치국수는 김밥
다음으로 저렴한 메뉴라 마음도 참 잔치에 온 것처럼 가볍고
기쁘다.

국수는 이가 아플 때도, 물론 그렇지 않을 때도, 그러니까
뜨끈한 국물이 먹고 싶거나 입안 가득 면발을 우물거리는 느낌이
그리울 때, 나에게 현금 몇 푼 챙겨서 찾아오라고 말을 걸어온다.

집에서는 아버지가 잔치국수를 자주 끓이셨다. 간단히
먹을 한 끼를 위해서인지 정말로 즐기셔서인지 모르겠지만, 나는
그 국수를 아무튼 후룩 삼키듯 비웠다. 사실 어느 시점까지는
멸치의 작은 뼛조각 하나까지 다 녹아있는 듯한 진한 육수가
입에 잘 안 맞았다. 어머니나 아버지나 멸치를 좀 우리다가

빼는 담백한 미를 추구하셨으면 어땠을지, 두 분 다 어떤 요리든 조리의 마지막 과정까지 멸치를 남겨 두셨다. 어머니와 이모들이 외할머니께 배운 방식으로 끓인 수제비 국물에는 길쭉한 은색 멸치가 유영했고, 집에서 만드는 떡볶이에도 하드보일드 멸치 육수가 들어가 떡과 멸치 대가리가 함께 씹히는 기묘한 식감을 맛볼 수 있었다. 내 몫의 그릇은 거의 비웠지만, 더 먹고 싶다거나 또 먹고 싶다는 말은 눈치껏 아꼈다.

아버지가 종종 말아 주셨던 잔치국수를 본격적으로 즐기게 된 건 식당 멸치 육수 맛에 익숙해지고 나서다. 칼국수, 수제비, 콩나물국밥, 샤브샤브, 각종 찌개와 조림. 멸치 장국은 수많은 식당이 함께 물을 긷는 환상의 샘이었다. 식당가 뒷골목을 걷다 보면 광주리에 가득 담겨 햇볕에 말라 가는 멸치 떼가 보인다. 그 수많은 가게들에서 경험치가 쌓이고 나서야 '집 맛'에 적응하게 됐다. 아버지도 언젠가부터 멸치를 적당히 우리다가 건져내는 쪽으로 조리법을 바꾸셨다. 잔치국수는 라면이나 짜장면보다도 이르게 접한 내 최초의 국수였고, 잔치국수로부터 뽑아져 나온 세월 위로 엄청나게 많은 면 요리가 올라타기 시작했다.
"라면, 파스타, 콩국수, 쌀국수, 막국수, 열무 냉면을 즐겨 먹습니다. 짬뽕, 짜장면도 나쁘지 않지요. 그게 뭐든 국물 요리에 넣어 먹는 면 사리도 기가 막히지 않나요?"

나는 수많은 면을 먹어 오면서도 이 음식들이 서로 별개라고 생각해 왔다. 그런데 어느 다큐멘터리가 내 취향을 한 마디로 정리해 줬다. 그 모든 음식들이 결국 내가 국수라는 '장르'를 선호한다는 증거라는 거였다. 그 장본인인 〈누들로드〉는 지금도 종종 다시 보는 프로그램이다. 예산 안에서 최선을 다한 CG, 감각적인 연출, 그럴싸한 재연 장면에 세계 곳곳을 다니며 카메라에 담은 이국적인 풍경들. 무엇보다 '국수'라는 소재의 다채로운 양상들.

인류는 9천 년 전부터 밀 경작을 했고, 밀을 빻아 물을 섞어 치댄 반죽을 불에 구우면 훌륭한 식사가 된다는 혁명적인 발견을 했다. 빵은 그렇게 인류 절반의 주식이 되었다. 그런데 언제부턴가 둥글납작하게 구워 먹던 빵에서 색다른 형태의 음식이 파생됐다. 반죽을 얇고 길쭉하게 만 다음 굽지 않고 삶아 먹는 음식. 현재까지 발견된 가장 오래된 국수는 약 2,500년 전 중앙아시아 유목민들이 먹던 손가락 길이만 한 국수다. 그러니 실제로 인간이 국수를 먹은 건 그보다 이전이었을 것이다.

국수 문화가 꽃핀 땅은 중국이었다. 굽고 볶는 조리법보다 삶고 찌는 조리법이 먼저 발달한 중국에서 밀가루 반죽을 삶아 탕 요리에 넣어 먹은 건 꽤 자연스러운 일이었을지 모른다. 반죽이 길고 얇을수록 빨리 삶아졌고, 그런 형태일 때 국물과 함께 먹기도 좋았다. 후루룩, 후루룩, 면과 국물이 동시에 들어오니 간이 잘 맞고, 면발의 매끈함과 쫄깃함, 진하게 우려낸 국물은 금방 포만감을 주었다.

중국의 국수 문화는 범 중국 문화권에 있던 아시아

지역으로 퍼졌다. 실크로드를 건너는 이슬람 상인들의 카라반에 실려 이탈리아에도 전해졌다. 한국을 비롯해 밀 경작이 어려운 지역에서는 밀가루보다 훨씬 찰기가 적은 쌀이나 메밀로 국수를 만들었다. 쌀 같은 곡물은 그냥 쪄서 먹는 것이 훨씬 쉬운 조리법이지만, 그만큼 정성을 들여서라도 국수를 만들어 먹었다. 국수는 최소한의 조건으로 살아가는 인간이라도 단순히 생존을 위해서만 먹지는 않는다는 확증인 셈이다.

국수 다큐멘터리에 빠지는 건 자연스러운 일이었다. 내 안의 국수 밈^{meme}들이 두 팔 벌려 환호하고 있었다.

1) 파스타는 고상하게 숟가락에 대고 말아 먹는 것보다 그냥 포크로 두어 번 말아 후룩 먹는 편이 맛있다.
동감! 더구나 이탈리아에서는 포크에 둥글게 면을 마는 게 아이들이 먹는 방법이란다.

2) 규율이 매우 까다롭기로 유명한 일본의 선종도 일 년에 몇 차례 국수가 나오는 날만큼은 소리를 내며 식사를 할 수 있다.
쓰린 속에 얼큰한 국물이 지나가는 듯한 해방감이 느껴진다.

3) 전 세계에서 1년 동안 소비되는 라면을 전부 쌓으면
에펠탑 327채가 된다.
나도 이 역사적인 건축물의 한쪽 기단 정도 쌓는 데
일조했을 테지.

4) (그냥 지나가는 화면이지만) 국수틀에서 나온 몇 줌의
메밀 면 위로 동치미 국물이 쏟아지고 있다.
새콤한 청량감이 눈에서 혀 안쪽으로 퍼지는
이 느낌이야말로 국어 시간에 배웠던 공감각이 아닐까?

쌀밥은 제대로 된 식사, 빵은 간식이라 치는 한국 식성에서
국수는 그 사이에 묘하게 걸쳐 있다. 국수로 잔뜩 배가 불러도
정찬은 아니라 두 시간 후쯤 밥을 차려 먹어도 흉잡히지 않는다.
그런 면이 국수집 문을 가볍게 넘나들게 한다.
　〈누들로드〉를 보면서 사람들이 다양한 국수를 속도감
넘치게 먹는 장면마다 당장 라면이라도 끓이고 싶은 충동을
느꼈다. 중국에서 국수가 대중적인 인기를 끈 비결 역시 조리도
빠르고 먹기도 빠르다는 '속도'에 있었다. 라면, 우동, 칼국수,
비빔국수 할 것 없이 젓가락을 들었다가 놓는 모든 과정이 저절로
몽타주 기법으로 편집되는 것처럼 짧고 간결하다. 국수 중에서
가장 고급스러우면서 먹는 사람이 식도락을 즐기는구나 싶은
분위기를 자아내는 평양냉면조차 맛있게 먹는 법에 "10분 안에

먹어야 한다"는 조건이 있다. 면이 퍼지기 전에 끝장을 봐야 하니,
국수는 확실히 속도의 음식이다.

　　　직장인의 점심 메뉴에서 국수를 떼어놓을 수 없는 것도
그 때문이다. 국수가 그냥 국수라서. 국수가 아니면 이런 음식을
먹을 수 없어서. 시장 골목 잔치국수든 중국집 짜장면이든 편의점
컵라면이든, 온전한 쌀밥 한 그릇 먹을 기분이 나지 않는 어떤
날에는 국수를, 면을 먹으러 간다. 이토록 흔하디흔한 음식이지만
그래도 국수에는 '대접한다'라는 동사가 저절로 따라붙는다.
결혼식 피로연에 가서도 소면이나 메밀을 넣은 국수는 꼭 챙겨
먹는다. 신랑 신부와 의례적인 친분밖에 없고 음식도 공장형
주방에서 '대량 생산' 된다 하더라도 예부터 예식의 국수는
주인에게나 손님에게나 서로 덕담 같은 의미였다. 그 맛있는
전통은 지켜주는 편이 옳다.

　　　허기를 지우려고 대충하는 식사처럼 보이기도 하지만
국수의 과거와 현재를 잇는 파노라마 속에서 이 음식은 항상
치열한 생활과 밀착해 있었다. 오다가다 끼니때를 놓쳤을 때
포장마차나 작은 노포에 혼자 들어가 국수를 한 입 가득 넣고
국물을 마시면 삶의 결의라고밖에 말할 수 없는 기운이 몸 안에
퍼진다. 더군다나 면이 입술 사이를 훌쩍 뛰어넘는 재미, 이로
끊든 혀로 끊든 그냥 목구멍으로 흘려 넘기든 저만의 취향으로
면발 삼키는 재미, 장국은 뭐고 고명이나 꾸미는 뭔지, 김치나
단무지 수준은 어떤지 가게마다 특징 짓는 재미, 음미할 게 참

많기도 하다.

저렴하고 빨리 맛있게 먹을 수 있는 한 끼에 나는
'진실하다'라는 수식어를 붙인다. 그런 끼니는 부산스러운 감정을
뛰어넘고 냉담한 현실에 채여도 멍이 덜 들게끔 마음을 부드럽게
다진다. 폭이 좁은 길쭉한 테이블에 자리 하나를 차지하고서
찬 면발에 알맞게 식은 육수를 마시고 아직 날것의 맛이 나는
배추김치로 면을 감싼다. 또 턱을 두들겨 맞지 않도록 조심스레
후루룩후루룩. 잘 먹었으니, 다시 부지런히 일어나야지.

아버지의 잔치국수는 양이 어마어마했다. 소면을 엄청나게
많이 삶아서 접시에 담아 체로 덮어두셨다. 물기가 쏙 빠진
소면을 언제든 먹고 싶은 만큼 국물에 말고 또 말아 먹었다.
식당으로 치면 두 그릇은 됐을 것이다. 면은 금방 허기지니까
다음 끼니까지 배고프지 말라고, 소면을 그렇게나 수북하게 쌓아
두셨다.

어렸을 적부터 국수는 내 스스로 책임지고 살아야 하는
오늘을 대비하는 예행연습이었던 것 같다. 국수는 허투루
만들어지지도, 허투루 먹어지지도 않는다. 아기가 돌잡이에서
국수를 잡으면 다들 손뼉을 치고 기뻐한다. 국수는 자기만큼
오래오래 건강하라고, 끈질기되 한편으로 융통성 있게 살라
말해주려고 그렇게 몇 천 년에 걸쳐 우리에게 이어졌나 보다.

15

이런 아침을 바랐다
에그 베네딕트

"머핀을 잘라 갈색 빛이 돌지 않을 만큼만 구운 다음 햄을 올려 오븐에 가열하고, 위에는 수란을 얹는다. 올랑데즈 소스를 양껏, 아끼지 않고 뿌린다."* 19세기 말에 최초로 문서화된 에그 베네딕트의 레시피는 현대의 레시피와도 크게 다르지 않다. 여기에 연어, 채소, 햄 대신 베이컨 등 기호에 맞춘 재료만 늘어났을 뿐이다. '베네딕트'는 사람 이름에서 따온 것이고, 결국 이 브런치계 기린아의 핵심은 달걀, 올랑데즈와 수란이다. 수란은 만들기가 까다로워 달걀 프라이만큼 자주 먹진 않지만, 포동포동한 흰자를 톡 건드려 노른자가 흘러나오는 모습은 아무튼 먹음직스럽다.

* The Epicurean, Charles Ranhofer, The hotel monthly press, 1894, 858p.

아내는 B&B 주인과 이야기를 나누고 있었다. 알아듣지 못할 불어에 귀 기울이기도, 나중에 전해 들으면 된다는 식으로 모른 척하기도 애매했다. 바구니에 담긴 모닝빵 하나를 집어 잼을 발라 먹다가 손에 진득한 게 묻었다. 여기선 이 빵을 '디너 롤'이라 부른다. 반으로 찢어 저녁 메인 요리의 소스나 육수를 발라 먹기 좋아서 그렇다. 하지만 잼과 버터만 있으면 아침 간식으로도 손색없으니, 저녁 식사로 빵 먹을 일이 적은 우리가 여기에 '모닝빵', 그러니까 '아침'이란 이름을 붙인 것도 아주 엉뚱한 작명은 아닌 것 같다.

1층 거실은 프루스트의 소설 속에서 벌어지던 수많은 사교 모임 중에서 소박한 편에 속하는 살롱의 배경으로 잘 어울릴 듯했다. 아내와 주인의 대화 주제는 우리의 간단한 이력과 이 공용 저택의 아름다움에 관한 것이었다. 그리고 가장 중요한 정보, 아침 식사를 어디에서 해야 하는지. Bed & Breakfast라지만 주방 설비가 없어 아침은 다른 곳에서 먹어야 했다. 지난 밤 산책에서 지나쳤던 레스토랑이었다.

오전 8시도 안 된 시각이었다. 6시 알람에 맞춰 일어나 부지런히 떠날 채비를 했다. 짐을 싸는 소리가 거슬렸는지 옆방에서 쿵쿵 벽을 두드렸다. 휴가를 떠나온 사람의 아침잠을 깨워 미안했지만, 나 또한 원해서 이렇게 일찍 일어나 본 적은 없었다. 옆방과의 대화 통로는 얇은 벽 한 장. 소리를 죽이고 움직일 시간은 없었기에 그냥 못 들은 척, 이쪽 사정도 있다는 걸 알아주길 바라며 조심스레 정리를 마치고 거실로 내려왔다.
아내와 주인의 대화가 이어지는 동안 내내 하품이 멈추지 않았다.

　　한때 '아침형 인간'이 주목을 받을 때에도 아침은 남의
일이었다. (말만 달라진 '미라클 모닝'이 유행하는 요즘도
마찬가지다.) 부지런한 사람들이 사회적으로 성공한다는 이야기
곁에는 그 반대급부로 '저녁형 인간' 혹은 '올빼미 인간'이
성공한다는 이야기도 허다했다. 나는 번듯한 정장을 입고 커피 한
잔을 쥐고서 햇살 쏟아지는 로비로 들어서는 활기찬 인물은 될 수
없었다. 매일 같은 시각에 일어나 같은 시각에 어딘가에 도착해야
하는 삶은 선망하던 삶도 아니었다. 나한테 맞지 않는다고도
생각했다. 하지만 내 사회생활 전반이 그런 식으로 흘러왔다.

　　잠이 많아서 아침이 싫었던 걸까? 너무 늦게 잠자리에
들어서 그렇지 필요한 수면 시간은 남들과 비슷하거나 오히려
적은 편이었다. 일하러 갈 일이 없는 휴일이나 여행 중에는
아침이 찬란하기도 했다. 가뭇한 새벽 구름을 뚫고 손을 뻗는
남국의 태양이라든가, 지나다니는 스쿠터도 아랑곳하지 않고 길
한가운데 누워 있는 크고 누런 개의 무념이라든가, 빨간 지붕들
사이 언뜻 보이는 푸르스름한 강물 위로 배 한 척이 천천히
흘러가는 광경이라든가. 그런 장면과 마주한 아침에는 이제
시작되려는 하루가 기다려지며 주어진 시간을 마음대로 알차게
쓸 수 있을 것 같았다.

　　B&B에서 일러준 식당의 이름은 '부케'였다. '라 뮤즈'라는

숙소에서 함께 운영하는 곳이었는데, 여러모로 동화책 삽화같이
꾸며진 소도시에 어울리는 이름들이었다. 그리 비싸지 않은
숙박료에 아침 식사까지 이런 곳에서 할 수 있다는 게 멋쩍을
만큼 번듯했다. 핼러윈 기간이라 아담한 복층 벽돌집 앞엔
호박이며 허수아비가 찬뜩 쌓여 있었다. 얼굴 뚫린 '잭오랜턴'이
아니라 평범한 호박이었고, 허수아비도 짚단이나 말린 옥수수
줄기처럼 보였다. 핼러윈 장식이라기보단 시나몬 향 풍기는
가을맞이 장식 같았다. 그러고 보면 이 마을 전체가 평범한
사물에 영혼이 깃든다거나 마녀가 빗자루를 타고 달 위로
날아오른다거나 무덤 속 해골이 달그락달그락 춤을 춘다거나
하는 '시즌 특수'를 고상한 방식으로 체현하고 있었다. 그러니까
부케와 뮤즈를 지나 '벌새', '검은 양' 같은 이름도 눈에 띌 수밖에
없는 마을이었던 것이다.

　　새벽부터 부산을 떤 덕분에 우리가 첫 손님이었다.
창밖으로 보이는, 이 마을에서 가장 넓은 도로는 느릿느릿
새벽안개를 걷어내고 있었다. 라임색 벽에 걸린 초현실적인
그림, 나무 탁자, 상호와 로고를 멋지게 인쇄한 재생지 냅킨,
적당히 날이 빠지고 흠이 난 식기. 몇 가지 아침 메뉴 중 하나를
고를 수 있었고, 차나 커피는 마시고 싶은 만큼 마실 수 있었다.
에그 베네딕트가 괜찮아 보였다. 처음 먹어 보는 것은 아니지만
아침으로 기꺼이 에그 베네딕트라니, 이거야말로 동화 같은
초현실이었다.

'부케'에서의 아침 식사는 아내가 친구에게 부케를 던지기 전의 일이었다. 아침에 일어나는 일이 결혼 전에는 '계속 이렇게 살아야 하는가'라는 관념적 차원의 문제였다면, 결혼 후에는 현실적이고 단도직입적인 허들이었다. 육아, 가사, 취미, 집필, 음주. 몇 시간 못 자는 날에도 지각은 하지 말아야지, 깨어 있는지 자고 있는지 모른 채 세수를 하고 제 시간에 출근했다. 그러다 몇 년 전 임계점에 닿았다. 두세 시간만 자도 활동하는 데 지장이 없어 초능력을 얻은 듯 든든했는데, 점점 체력이 떨어지다 저녁상을 치우면 급격하게 졸음이 쏟아지는 지경에 이르렀다. 밤 9시가 되기 전 집안 어딘가에 엎어져 잠이 들었다. 아이가 아빠를 깨워 놀 마음으로 밟고 다녀도 몰랐다. 그러다가 새벽에 화들짝 놀라며 눈을 뜨고, 허겁지겁 씻은 후 엉거주춤 잠자리에 들었다. 숙면을 취하는 것도 아니고 뭔가를 생산하는 것도 아닌 어정쩡한 밤. 그나마 다행인 건 더는 정시 기상 정시 출근이라는 삶에 의문을 가지지 않게 되었다는 것이다.

　　마침 집과 사무실이 가까워지며 삶의 질이 올라갔으나 곧 새로운 루틴이 생겼다. 아내가 사회로 복귀하면서 아이를 내가 다니는 회사 근처 유치원에 데려다주어야 했다. 지하철로 출근하는 일(여섯 정거장)과 차로 출근하는 일(여섯 군데의 상습 정체 구간)에는 엄청난 차이가 있었다. 두세 달까지는 일찍 자고 일찍 일어나는 습관을 들여 이른 시각에 집을 나섰다. 8시도 되기 전에 사무실에 들어와 앉으면 마침내 아침형 인간이 되었구나, 정말 일도 더 잘 되는 게 사람들이 그렇게 열광하던 이유가 있었구나, 흡족하기도 했다. 그러나 점점 피로가 쌓이고, 러시아워에 조금씩 몸을 맡기고, 30분 거리가 한 시간이 되고, 능률은 떨어지고, 아침은 다시 어려운 시간으로 남아 버렸다.

이즈음 맛을 들인 게 마요네즈다. 피곤하니까 속도 거북했고, 덜 맵고 덜 짠 아침 끼니를 찾다 보니 마요네즈에 달걀을 으깬 에그 샌드위치나 '참치마요' 삼각 김밥에 자꾸 손이 갔다. 얌체처럼 끼어드는 차와 광화문대로 가득한 출근 행렬에 스트레스 지수를 올린 상태에서 먹는 참치마요의 느끼하고 고소하고 짭짤한 한입은 우윳빛 제산제 같기도 했다. 마요네즈를 끊게 된 건 역시나 체중 때문이었다. 저녁에 맥주를 마시지 않고 잠드는 것 같은 고통스러운 아침. 시리얼이나 삶은 달걀도 먹어 보고 샐러드도 시도해 봤지만, 포만감도 적고 금방 물리기도 물려서 아침을 잘 먹지 않게 되었다.

부케의 에그 베네딕트엔 빵, 시금치, 연어, 수란이 두툼한 방석처럼 포개져 있었다. 해시 브라운 한 장이 슬쩍 끼어 있어 더 반가웠다. 수란의 몸피를 제외하면 연어가 반이었다. 아무리 연어를 양식하는 나라라고 해도 이렇게 후할 줄이야. 노란색, 빨간색, 초록색, 크림색 층이 진 단면은 먹다 말고 사진을 남겨야 할 만큼 아름다웠다. 때로는 기꺼이, 때로는 어쩔 수 없이 먹어 왔던 모든 편의점 아침 식단에 비하면 이 에그 베네딕트는 요리

중의 요리였다. 계단이나 비탈길, 환승 통로를 뛰어다니고, 지하철 시간표나 버스 도착 시각 알림에 민감해져 신경이 곤두선 상태로 하루를 시작하더라도 오늘 어느 한 끼를 이런 음식 한 접시로 먹을 거라는 기대가 있다면? 에그 베네딕트까지는 욕심이고 여유 있게 집에서 밥을 먹고 나오거나 건강한 도시락 같은 걸 챙겨 먹을 수 있다면? 끝내 성공과는 거리가 먼 인생을 살더라도 만족스러운 하루는 될 수 있지 않을까?

그렇게 자문하며 부케에 앉아 올랑데즈 소스까지 만능 모닝빵으로 싹싹 닦아 접시를 비웠다. 짧은 산책으로 마을과 작별했다. 고풍스러운 숙소와 정성스런 음식, 너그러운 사람들.

그런 아침은 다시 오지 않았다. 그게 '다시없을' 아침이라서.

그 여행에서 돌아와 얼마 후 아내는 부케를 던졌다. 나도 재미 삼아 부토니아를 던졌는데 누가 받았는지는 기억나지 않는다. '벌새'에서 깨어나 '부케'에서 먹은 에그 베네딕트는 꼭 아침에 출근할 필요가 없는 삶, 전업 작가나 자기 가게를 하거나 어쨌든 그 비슷한 삶을 살아야 한다고 자신을 다그치던 나의 어깨를 툭 건드렸다. 잠깐 저쪽을, 그러니까 지금 이쪽을 보라고 말이다.

잘 갖춰진 '브런치'가 아닌 아침 허기를 달래기 위해 먹는 끼니. 아이를 낳기 전까지 아내가 매일 차려주던 아침, 내가 만든 도시락으로 먹던 아침, 샌드위치와 마요네즈가 담뿍

들어간 삼각 김밥. 아침은 내게 달가운 시간이 아니지만, 그런 음식들이 나의 긴 잠을 깨워주었다. 가끔 기차 탈 일이 생겨 기차역에 일찍 도착하면 기다란 입식 간이식당 안에서 뭔가를 먹고 있는 사람들을 본다. 어묵 조리기에서 솟아나는 더운 김이 그들을 가만히 감싸주고 있다. 회사 주변에서도 팀원들의 커피와 샌드위치를 포장해서 가는 사람들, 지하상가에서 샐러드나 그릭 요거트를 픽업해서 엘리베이터에 오르는 사람들, 아침 백반을 만들어 주는 식당에 앉아 뉴스를 읽는 사람들을 본다. 그들 모두가 아침을 성공의 방편으로 삼는 사람들은 아닐 것이다. 그저 부단히 하루를 시작하는 당신, 당신과 나, 평범한 우리이자 우리의 동료일 것이다.

주어진 오늘을 어떻게든 잘 지내보려는 의식을 치르기에 알맞은 아침 메뉴를 골라 봐야겠다. 아직은 가장 이상적인 '아침'이라고 해 봐야 편의점 김밥이겠지만, 가끔은 그날의 에그 베네딕트를 대신할 요리다운 요리도 찾아보고 싶다.

16

오늘도 진실에 가까운 식사를 한다

밥상을 물리며

점심 뷔페는 오전 10시 30분부터다. 그 시각부터 뷔페가
끝나는 오후 2시까지 손님은 꾸준히 들어온다. 직장인, 경찰,
자영업자, 학생, 트레이너와 필라테스 강사, 화사하게 차려 입은
아주머니들과 지긋한 신사까지.

　　　　원래 맥줏집이다. 밤마다 직장인들로 붐비는 곳으로,
어디선가 식사와 1차 술자리를 가진 사람들이 소시지나 튀김
안주에 생맥주를 마시려고 찾아오는 곳이다. 맥주나 안주 가격은
지역 평균. 그래도 싸게 취하려고 오는 곳은 아니다. 맥주도 직접
만든다. 그런 곳이 점심에 한식 뷔페를 차려 놓고 손님을 받았다.
반찬은 기본부터 메인, 국까지 전부 열세 가지이고, 달걀 프라이를
마음껏 부쳐 먹을 수 있다. 아무리 생각해도 떼돈을 벌려고 하는
점심 장사가 아니다. 주말에 가까울수록 그 큰 홀에 발 디딜 틈
없이 영업이 잘 되는 곳인데 굳이 오전부터 인건비를 쓸 필요는
없어 보인다. 아, 그렇다면 이건 지역 사회 환원 비슷한 건가?
지난밤 그렇게 먹고 마셔 준 직장인들에게 감사의 마음을 담아
저렴한 가격에 풍성한 점심 식사를 대접하는 거? 4~5년 전에도
점심 값이 똑같았다는 걸 보니 과장된 추측만은 아니겠다 싶다.

　　　　먹을 게 귀하던 시절에는 하루에 두 끼만 먹었고 어떤 나라
어떤 문화에선 다섯 끼도 먹는다고 한다. 몇 번의 식사든 의미
없는 끼니는 없다. 하루를 여는 아침, 진미를 즐기거나 사교를
나누기 좋은 저녁. 그래도 내가 감명을 받은 식사는 주로 점심이
많았다. 월급쟁이, 소상공인, 학생 가릴 것 없이 현대 사회의

점심시간은 한 시간 내외로 정해져 있다. 각자 오전에 해 온 만큼 오후에도 해 나가야 하는 일이 있으므로 점심에는 제약이 많다. 메뉴 선정, 접근 가능한 거리, 가격, 양까지 따질 거리가 한두 가지가 아니다. 그래서 사람들은 창의력을 발휘한다. 누군가 먼저 나가 자리를 맡아 두기, 30분 일찍 사무실을 빠져 나가기, 도시락 싸 와서 다 같이 나누어 먹기, 때로는 밥보다 비싼 커피나 음료를 마시며 기분 내기, 이도저도 다 건너뛰고 걷거나 운동하기.

저렴한 가격에 혼자 빨리 먹을 수 있는 즐거움을 찾기도 하고, 일부러 이름난 식당을 찾아다니며 자신만의 맛집 리스트를 늘리기도 한다. 다 나름 창의적인 취식 활동이다. 그러다가 정성과 갑자기 마음을 파고드는 작은 우연이 겹치면 그날의 식사에서 왜 잘 차린 한 끼 식사가 중요한지, 왜 배를 불리는 일에 즐거움이나 감동까지 더해져야 하는지 알 것 같기도 했다. 그런 끼니는 오래 잊히지 않았다. 같은 식당 같은 메뉴라도 행운이 반복되지 않을 수 있기 때문에 바로 지금 한 끼가 더더욱 소중했다.

식판에 이것저것 담고 밥 양까지 반찬에 맞추다 보면 작은 산 하나가 만들어진다. 그렇다고 달걀 프라이를 빠트릴 순 없다. 산 위에 구름이 걸린 풍경을 누가 마다할까? 식당을 나서며 배가 터질 거 같다고 한탄에 한탄을 거듭할 게 뻔하다. 하지만 열심히 먹어야 한다. 때때로 내 앞에 차려지는 '진실한 한 끼'를 하나라도 더 많이 만나려면 주저하는 마음을 돌려세워 걷고 다니고 찾아

먹어야 한다. 흔쾌히 잘 먹었다는 인사를 남길 만한 곳을 향해
안테나를 세워야 한다. 모든 끼니는 소중하다는 걸 배우는
방법은 그것뿐이다.

　　　저녁에 나오는 안주하고는 완전 무관한 반찬들인데
솜씨가 좋다. 알고 보니 점심 전문 업체가 따로 있고, 맥줏집은
장소만 빌려 주는 것이라 한다. 그래도 전해지는 마음에 다름은
없다. 달걀 프라이는 주변에 앉은 사람들 중에 내가 제일 잘 부친
거 같다. 반찬을 뜨러 오가는 사람들 보라고 프라이에는 천천히
손을 댄다. 이 맥줏집 뷔페에도 '진실한 한 끼'라고 이름 붙일 수
있을까? 그건 당장 중요한 일은 아니다. 일단은 내가 퍼 온 음식
전부를 책임져야 한다. 나처럼 열심히 먹는 사람들을 보니 괜히
내가 다 뿌듯하다. 오늘 한 끼를 감사한 마음으로 꼭꼭 씹는다.
배가 너무너무 부르니까 사무실까지 먼 길을 돌아 걸어간다.
음식을 만들고, 먹고, 일터로 돌아가는 일은 분명 삶에서 흔치
않은 진실한 순간이다.

참고자료

『음식과 전쟁』, 톰 닐론, 루아크, 2018

『피자의 지구사』, 캐럴 헬스토스키, 휴머니스트, 2011

『왜 이탈리아 사람들은 음식 이야기를 좋아할까?』, 엘레나 코스튜코비치, 랜덤하우스, 2010

『맛있는 햄버거의 무서운 이야기』, 에릭 슐로서·찰스 윌슨, 모멘토, 2007

『섹스, 폭탄 그리고 햄버거』, 피터 노왁, 문학동네, 2012

『먹고 마시는 것들의 자연사』, 조녀선 실버타운, 서해문집, 2019

『서울은 말이죠…』, 심상덕, 이봄, 2018

『서울 이야기』, 정기용, 현실문화, 2008

『초밥왕의 맛을 보여드려요』, 남춘화, 여성자신, 2000

『백년식사』, 주영하, 휴머니스트, 2020

『커리의 지구사』, 콜린 테일러 센, 휴머니스트, 2013

『Curry』, Mridula Baljekar, Hermes house, 2001

『카레 킹』, 기린 출판사, 2009

『순대실록』, 육경희, BR미디어, 2017

『동쪽의 밥상』, 엄경선, 온다프레스, 2020

『음식강산 3』, 박정배, 한길사, 2015

『누들로드』, 이욱정, 예담, 2009

『냉면열전』, 백헌석·최혜림, 인물과사상사, 2014

『계절 탐구』, 이효성, 시간의물레, 2020

Ladies' home journal cookbook, Carol Truax, Doubleday, 1960

Specialità d'Italia - Le regioni in cucina, Claudia Piras, ULLMANN&KÖNEMANN, 2007

「전통 반상차림 연구」, 정유진, 숙명여자대학교 전통문화예술대학원, 2001

「한식당 표준 상차림 모델에 관한 연구」, 남유선, 숙명여자대학교 전통문화예술대학원, 2010

「한식의 세계화-순대의 맛과 기능성」, 오준현, 이은정, 김경희, 육홍선, 『식품산업과 영양』

제17권 제2호: 23-26쪽, 한국식품영양과학회, 2012

「조선시대 순대의 종류 및 조리방법에 대한 문헌적 고찰」, 오순덕, 『한국식생활문화학회지』

제27권 제4호: 340-345쪽, 한국식생활문화학회, 2012

"Commensality, Society, and Culture", *Social Science Information 50(3-4)*: pp.

528-548., Claude Fischler, SAGE Publications, 2011

「한식표준식단제」, 매일경제, 1973.1.27.

「음식까지 뒤섞이는 지역 '퓨전벨트' '퓨전레스토랑' 거리로 변모한 청담동」,

「이종교배로 만들어내는 새로운 문화현상 '퓨전'」, 경향신문, 1999.3.27.

〈극한직업〉 "육류 부속물 가공", EBS, 2015.11.18.

〈극한직업〉 "국가대표 서민간식 - 순대와 치킨", EBS, 2018.04.11.

〈누들로드〉, KBS, 2008.12.07. ~ 2009.03.29.

진실한 한 끼
ⓒ신태진

초판 1쇄 찍은날 2022년 5월 20일
초판 1쇄 펴낸날 2022년 5월 27일

글·사진 신태진
편집 이주호
디자인·일러스트 스튜디오 못(instagram.com/studiomot)
펴낸곳 여분의책방

https://bricksmagazine.co.kr

책값 16,000원
ISBN 979-11-90093-20-0 03810

* 여분의책방은 브릭스의 에세이 전문 브랜드입니다.